BASTEI
LÜBBE

Aus der Taschenbuchreihe JOHN SINCLAIR von Jason Dark sind nachstehende Romane erhältlich. Fragen Sie im Buch- oder Zeitschriftenhandel nach diesen Titeln:

---

73 043 Julias kleine Sargmusik
73 044 Hände, die der Satan schuf
73 045 Der Druiden-Schatz
73 046 Die Kreuzweg-Legende
73 047 Mein Blut für den Teufel
73 048 Wen das Grab ruft
73 049 Der Flammenengel
73 050 Todesglocken für John Sinclair
73 051 Totenkopf-TV
73 052 Tödlicher Vatertag
73 053 Das Duell der Hexen
73 054 Aibon – Land der Druiden
73 055 Drei Gräber bis Atlantis
73 056 Arkonadas Totenbuch
73 057 Das andere Ufer der Nacht
73 058 Mirandas Monsterwelt
73 059 Horror-Horoskop
73 060 Geister-Dämmerung
73 061 Ihr Freund, der Ghoul
73 062 Das Erbe der Templer
73 063 Terror der Tongs
73 064 Zombie-Ballade
73 065 Die Vampir-Polizei
73 066 Harrys Höllen-Cocktail
73 067 Der Jet-set-Dämon
73 068 Broadway-Grusical
73 069 Carinas Todesparties
73 070 Der Friedhofswächter
73 071 Das U-Boot-Phantom
73 072 Deadwood – Stadt der Särge
73 073 Mörderische Weihnachten
73 074 Tödliche Märchen
73 075 Verliebt, verlobt und eingesargt
73 076 Geisterstunde in Los Angeles
73 077 Der Doge, sein Henker und ich
73 078 Knochen-Poker
73 079 Wenn Werwolf-Pranken streicheln
73 080 Todesküsse
73 081 Die Mordaugen von Brüssel
73 082 Grauen im Pentagon
73 083 Das Blut der Medusa
73 084 Ein Hauch von Moder
73 085 Lady Ghoul
73 086 Der Zauberer von Stonehenge
73 087 Horror-Helikopter
73 088 Mein Flirt mit der Blutfrau
73 089 Das Voodoo-Syndikat
73 090 Der Angstmacher
73 091 Der rollende Galgen
73 092 Blutmond der Templer
73 093 Dekan Diavolo
73 094 Die Psychonauten
73 095 Kuscheltier-Grauen
73 096 Das Grab der Königin
73 097 Das Horror-Restaurant
73 098 Tödlicher Puppenzauber
73 099 Hüte dich vor Dracula
73 100 Luzifer
73 101 Die Schwert-Legende
73 102 Killer-Camping
73 103 Die Brut hinter der Mauer
73 104 Geheimauftrag Phantom
73 105 Zaduks Schädel
73 106 Babylon in Hongkong
73 107 Kassandras Fluch
73 108 Die Toten vom Klan
73 109 Teufels-Friedhof
73 110 Dracula II
73 111 Der Tod aus dem Norden

Jason Dark

# Das 5-Minuten-Grauen

John Sinclair Roman

BASTEI LÜBBE

BASTEI-LÜBBE-TASCHENBUCH
John Sinclair
Band 73 112

Erste Auflage: August 1990


Titelillustration: Jim Warren
Umschlaggestaltung: Quadro Grafik, Bensberg
Satz: Fotosatz Steckstor, Bensberg
Druck und Verarbeitung:
Clausen & Bosse, Leck
Printed in Germany
ISBN 3-404-73112-3

Der Preis dieses Bandes versteht sich einschließlich
der gesetzlichen Mehrwertsteuer.

Schwarz ist seit einigen Jahren *die* Modefarbe. Schwarz gilt auch als die Farbe der Trauer, und Schwarz ist die Farbe, die Elena Parker abgrundtief haßte.

Als Sechzehnjährige hatte ihr jemand prophezeit, daß ihr die Farbe Schwarz den Tod bringen würde. Zunächst hatte sie die alte Wahrsagerin ausgelacht, so etwas paßte nicht zum Feuer der Jugend. Einige Jahre später dachte sie anders darüber. Besonders wenn die junge Frau die schwarzen Türen sah.

Vier waren es an der Zahl!

Zwischen ihnen schimmerte weiß und bleich das glatte Mauerwerk. Auch dieser Anblick ließ Elenas Körper mit einem Schauer überrieseln. Bleich wie alte Knochen und schwarz wie der Tod.

Konnte es größere Gegensätze geben?

Elena stand in der Mitte und wartete. Sie wußte selbst nicht, worauf, aber sie spürte sehr deutlich die Bedrükkung, die sich als unsichtbarer Alb an ihrem Körper festgeklammert hatte. Deshalb atmete sie schnell und heftig, als hätte sie Furcht davor, im nächsten Moment keine Luft mehr zu bekommen.

Ihre Augen brannten. Der Herzschlag raste und pumpte das Blut durch ihre Adern.

Sie sah nichts, bis auf die vier schwarzen Türen und die weißen Wände. Es gab keine sichtbare Bedrohung, trotzdem konnte sie ihre Angst nicht stoppen.

Elena war auch klar, daß es ihr nicht gelingen würde, von hier zu fliehen. Egal, welche Tür sie auch nahm, jede von ihnen führte ins Verderben.

So kraß der Gegensatz zwischen den Türen und den Wänden auch war, es existierte ein noch krasserer.

Das war der Boden, auf dem sie stand.

Er war hell und gleichzeitig durchsichtig. In der Tat bestand er aus Glas, und er hielt ihr Gewicht aus!

Seltsamerweise bereitete ihr das Glas nicht weniger Bedrücken als die Türen oder die hellen, weißen Wandabschnitte. Hier paßte einfach nichts zusammen.

Eigentlich hätte sie es wissen müssen, aber im nachhinein ist man immer schlauer.

Die Vierundzwanzigjährige wußte nicht einmal genau, wie lange sie auf der Stelle gestanden hatte. Zeit spielte für sie keine Rolle mehr. Sie gab sich zäh, da konnten aus Sekunden Minuten werden, nur war ihr klar, daß sie ein großes Geheimnis entdeckt hatte.

Wenn sie jetzt noch wegkäme, dann . . .

Ihre Gedanken wurden unterbrochen, denn unter ihren Füßen tat sich etwas.

Ein kurzer Stoß, ein Rütteln, dann war Schluß. Vielleicht die erste Warnung?

Obwohl sie nur einen dünnen rot-weiß gestreiften Pullover trug, schwitzte sie stark unter den Achseln. Die Frisur hielt auch nicht mehr; die dunklen Haarsträhnen hingen wirr von ihrem Kopf.

Die Stille regte sie plötzlich auf. Auch unter ihren Füßen tat sich nichts mehr.

Elena schluckte. Mit den gespreizten Fingern der rechten Hand fuhr sie durch ihre Haare; die Strähnen schimmerten zwischen den breiten Lücken. Die Angst wollte nicht weichen, sie drückte, sie war wie eine Klammer, die alles zusammenpreßte.

Die Frau schloß die Augen. Sie stellte sich vor, weit weg zu sein, auf einer einsamen Berghütte, nur umgeben von der Ruhe der gewaltigen Landschaft.

Ein Trugschluß, denn das erneute Stoßen riß sie abrupt zurück in die Realität.

Wieder war es ein Schütteln, das sich durch ihren Körper fortpflanzte und erst unter dem Haaransatz auslief. Es breitete sich wellenförmig aus, und für Elena

Parker hatte es keinen Sinn mehr, die Augen geschlossen zu halten.

Sie mußte hinsehen.

Es wirkte zeitlupenhaft, wie sie die Augen öffnete. Dann konnte sie vor sich schauen – und hatte den Eindruck, einen Alptraum zu erleben.

Der gläserne Boden, auf dem sie fest mit beiden Beinen stand, bewegte sich.

Und er war heller geworden. Aus einer Tiefe ohne Ende strahlte etwas hervor, das Ähnlichkeit mit einem hellen Licht besaß. Nicht punktuell auf ein bestimmtes Ziel gerichtet, dafür fächerförmig, so daß es alles umfassen konnte, was umfaßt werden sollte und auch Elena die Chance gab, das Gebiet unter ihren Füßen genauer erkennen zu können.

Der Blick in die gläserne Tiefe war für sie ein anderer geworden. Mehr eingeengt, denn der Boden hatte sich auf eine besondere Art und Weise verändert.

Er war an einer bestimmten Stelle schmaler geworden und hatte sich zusammengezogen, dadurch sah er aus wie ein großes Glas, auf dem sie nach wie vor stand.

Wo normalerweise bei einem Glas der Griff begann, zeigte das Glas eine Verengung, um sich dahinter wieder zu wölben, um ein zweites Glas darzustellen, diesmal allerdings mit der Öffnung nach unten.

Das war eine Form, sogar eine bestimmte, wie Elena trotz ihrer Angst erkannte.

So sah eine Eieruhr oder ein Stundenglas aus . . .

Sie zwinkerte mit den Augen. Sie brannten noch immer. Vielleicht hatte sie sich auch getäuscht, denn eine Erklärung dafür fand sie nicht. Wie konnte aus einem normalen Boden so etwas werden?

Das wollte ihr nicht in den Kopf!

Wieder durchlief ein Schütteln den Boden. Erst nur

ein kurzer Stoß, dann ein heftiger, und plötzlich veränderte sich auch die Oberfläche, denn sie verlor an Härte. Elena wollte es kaum glauben, aber der Boden zog sie an, wie ein Stück Sumpf oder Moor.

Er zerrte sie hinein!

Sie stand da, schaute auf ihre Schuhe, die durch die Lichtbrechung eine ungewöhnlich Form bekommen hatten, und sie bekam mit, wie eine unheimliche und nicht erklärbare Kraft an ihrem Körper zerrte und sie noch stärker in diesen gläsernen Gegenstand hineinriß.

Was war mit ihren Füßen los?

Sie sah sie, aber sie sah sie trotzdem nicht, denn dort befand sich ein Gegenstand, der wie eine lange, schwarze Zunge dem schmalen Durchlaß entgegenkam.

Schwarz wie Teer . . .

Wieder dachte sie an die verfluchte Farbe Schwarz. Man hatte sie damals gewarnt. Jetzt war sie zu ihrem Schicksal geworden.

Elena wollte es noch immer nicht glauben. Es war einfach zu phantastisch, und erst jetzt kam sie dazu, ihre Beine zu bekommen. Sie konterte mit einem Gegensog. Ohne Erfolg. Der andere war zu mächtig, und er zerrte sie immer tiefer, denn ihre Waden steckten bereits zu fest.

Dann sah sie es rinnen.

Dunkel, ölig, so wie dünnflüssiger Teer tropfte das, was von ihren Füßen und Beinen zurückgeblieben war, in die Tiefe und klatschte auf den Boden des Stundenglases, wo es sich zu einer breiten Lache ausbreitete.

Das genaue Erkennen, das exakte Wissen um ihr Schicksal schwemmte die Panik in ihr hoch.

Elena Parker schrie!

Sie schrie wie noch nie in ihrem Leben, während sie

ständig tiefer in das Stundenglas hineingezerrt wurde. Die Arme hatte sie in die Höhe gerissen, von ihrem Unterkörper spürte sie überhaupt nichts mehr. Nicht einmal ein Brennen, kein Gefühl.

Der unheimliche Vorgang ließ sich nicht bremsen, sosehr Elena auch mit den Armen um sich schlug, die Hände bewegte und vergeblich nach einer Rettung tastete.

Es gab kein Pardon!

Bis zur Brust war sie in dieses teuflische Glas eingesunken. Auch hier spürte sie den gewaltigen Druck, der ihr den Atem nahm. Sie sah gleichzeitig, wie sich ihr Körper allmählich auflöste und auch den oberen Teil erfaßte.

Nach unten tropfte eine schwarze, teerartige Masse. Noch hatte sie ihren Mund weit aufgerissen, sie konnte rufen, schreien. Irgendwann verschluckte sie sich am eigenen Speichel, aus dem verzweifelten Brüllen nach Hilfe wurde ein Röcheln.

Da öffneten sich die vier Türen.

Zugleich wurden sie nach innen gezogen, ohne daß Elena erkannt hätte, wer sich dafür verantwortlich zeigte.

Sie blieben nur spaltbreit offen. Dahinter aber lauerte etwas, denn Elena nahm als letztes in ihrem Leben ein leises, widerlich klingendes und auch gespensterhaftes Lachen wahr.

Dann hatte das Stundenglas sie verschluckt und beendete sein grausames Werk . . .

Als ich aus dem Wagen stieg, erwischte mich die Bö, als wollte sie mich von den Beinen reißen. Ohne daß ich es wollte, wurde ich gedreht und landete mit dem Rücken an der Fondseite des Rover. Der Wind durchfuhr meine Jacke und ließ den Stoff knattern. Nur mit Mühe bekam ich die Tür zu und tat das, was wohl alle Engländer in diesen Tagen machten.

Ich fluchte über den Orkan!

Es war der vierte in diesem Jahr. Mit verheerender Wucht war er über die Insel hergefallen. Seine Zerstörungen gingen in die Milliarden, ganz abgesehen von den zahlreichen Menschenleben, die die Orkane bereits gekostet hatten.

Mir kam es vor, als wollte die Natur den Menschen einen Denkzettel verpassen.

Ich wunderte mich nur, daß auf diesem kleinen Platz, wo der Wanderzirkus sein Winterquartier gefunden hatte, noch alles stand. Ein Zelt war nicht aufgebaut worden. Die Menschen lebten in ihren Wagen, die sie, wie damals die alten Pioniere, zu einem Kreis zusammengefahren hatten. So bekamen sie einigermaßen Schutz.

Zudem standen sie im Schatten einer hohen Betonmauer, die das Gelände zum eigentlichen Industriegebiet hin abschirmte.

Von den Zirkusleuten sah ich keinen. Wer bei diesem Wetter den schützenden Wagen freiwillig verließ, war selbst daran schuld. Ich aber hatte einen Job zu erledigen und wollte eine Frau besuchen, die mir nur vom Namen her bekannt war.

Sie nannte sich Dora! Einfach nur Dora, und sie hatte mir am Telefon mit einer Flüsterstimme erklärt, daß sie mich unbedingt sprechen mußte.

Also war ich trotz des Sturms losgefahren, begleitet von den Wünschen meines Freundes und Kollegen Suko. Die waren nicht übertrieben, wie ich beim Aussteigen gemerkt hatte.

Am Himmel tobten die Wolken. Innerhalb weniger Sekunden entstanden wechselnde Bilder. Hinter der Schutzmauer orgelte und heulte der Sturm ebenfalls.

Dazwischen hörte ich eine Musik, die einem Klappern mit verschiedenen Instrumenten gleichkam. Dort fand der Wind seine Ziele.

Doch die Wohnwagen oder auch Wohnmobile standen fest mit ihren Rädern auf dem Boden. Einige von ihnen waren sogar verkeilt, damit der Orkan nichts wegschleudern konnte.

Wo die Frau namens Dora wohnte, wußte ich nicht. In Anbetracht der schlimmen Witterungslage orientierte ich mich an dem ersten, in meiner Nähe stehenden Wohnwagen.

Ich klopfte zweimal gegen eine Seitentür, die sehr rasch aufgezogen wurde.

»Kommen Sie rein!« hörte ich eine Frauenstimme, »schnell bitte. Ich habe Sie schon gesehen.«

Obwohl es nicht nötig war, zog ich den Kopf ein, als ich den Wagen betrat.

Er zeigte eine moderne Inneneinrichtung, überhaupt nicht plüschig, nur eben die Enge gefiel mir nicht.

Die Frau dafür um so besser. Sie war sehr groß, dabei schlank und gleichzeitig etwas muskulös, was auf ihren Beruf als Artistin schließen ließ. Das Haar kam mir vor wie eine Flammenwand, so rot schimmerte es und umwaberte ein etwas bleiches Gesicht mit zahlreichen Sommersprossen. Demnach war die Mähne echt.

Die Frau – ich schätzte sie auf knapp dreißig – trug eine helle Jogging-Hose und ein T-Shirt, unter dem sich einiges abzeichnete. Ihr breiter Mund verzog sich zu einem Lächeln.

»John Sinclair?«

»Ja. Dann müssen Sie Dora sein.«

»Nein, ich bin Rita.«

Ich stutzte. »Aber Sie haben mit Dora zu tun.«

Sie nickte. »Setzen Sie sich bitte, Mr. Sinclair.« Sie deutete auf eine schmale Bank, auf deren Sitzfläche das Kunststoffpolster in einem hellen Rot schimmerte.

Ich nahm Platz und bekam ein ungutes Gefühl. Draußen heulte der Sturm. Für mich hörte es sich an, als würde ein Tier sein Wimmern nicht mehr stoppen können.

»Möchten Sie etwas trinken?«

»Ein Wasser vielleicht.«

»Gern.« Rita ging dorthin, wo ein Kühlschrank stand, nicht größer als eine Minibar in den Hotels. Die Frau selbst trank nichts. Sie goß das Glas bis über die Hälfte voll und stellte es, zusammen mit der Flasche, auf den schmalen Tisch mit der Resopalplatte.

Ich nahm einen Schluck und spürte das Platzen der kleinen Bläschen im Mund. »Dora ist verhindert?« fragte ich, das Glas dabei vorsichtig abstellend.

»Leider.«

»Wie . . .«

Rita hob die Hand, unterbrach mich. »Mr. Sinclair. Bevor Sie weiterfragen, muß ich Ihnen sagen, daß Dora leider für alle Zeiten verhindert ist.«

Ich verstand und ließ mir trotzdem Zeit mit der Antwort. »Dann ist sie tot?«

Rita nickte. »Ja, sie starb, aber zuvor hat sie mich eingeweiht. Der Anruf bei Ihnen liegt eine Woche zurück, nicht wahr?«

»Stimmt.«

Rita atmete durch die Nase. »Noch am gleichen Tag erlag sie einem Herzschlag. Es war nichts mehr zu machen. – Wir haben sie bereits zu Grabe getragen.«

»War sie alt?«

»Über siebzig.« Rita wischte durch die Augen.

»Ich . . . ich habe sie sehr gemocht, Mr. Sinclair. Sie war für mich so etwas wie eine Mutter, wenn Sie verstehen. Aus diesem Grunde hat mich ihr Tod auch so verflucht hart getroffen.«

»Das kann ich verstehen, Rita. War sie denn immer schwächlich? Hatte sie Beschwerden mit dem Herzen?«

»Ich weiß es nicht. Darüber sprach sie nie. Ihre Herkunft war uns allen nicht ganz klar.«

»Was tat sie bei Ihnen?«

Rita winkte ab. »Wahrsagerei. Sie trat in unserem Zirkus auf und erzählte den Leuten, was sie in den Taschen hatten. Ich war ihre Assistentin, wir bildeten ein gut eingespieltes Team. In einem kleinen Zirkus hat jeder mehrere Jobs. Ich bin auch noch Hochseilartistin. Es macht mir Freude oder hat mir Freude gemacht, bis zum plötzlichen Tod meiner Freundin.«

Weshalb wollte sie mich sprechen? Ihre Stimme hatte nicht allzu dringend geklungen. Mir war nur der Tonfall aufgefallen. Ich mußte dann einige Tage mit dem Besuch warten, da mir etwas in die Quere gekommen war, das sich nicht aufschieben ließ.

»Das kann ich Ihnen nicht sagen.«

Ich trank. »Obwohl Sie eine Vertraute waren?«

»Ja.« Rita nickte. Ihr Haar bewegte sich dabei wie die Zungen langer Flammen. »Sie hat mir etwas gegeben, das ich Ihnen überreichen soll. Ich weiß nicht, was es ist, denn es ist von ihr eingepackt worden, und ich habe das Päckchen nicht geöffnet.« Rita erhob sich. Aus einem Einbauschrank holte sie den Gegenstand hervor, der mit braunem Packpapier umwickelt war. Sie stellte ihn zwischen uns auf den Tisch. Von zwei Seiten schauten wir ihn an.

Ich hob die Augenbrauen. »Den Inhalt kennen Sie

also nicht. Hat Ihnen Dora dieses Geschenk kommentarlos überreicht?«

»Nein.« Abermals lächelte Rita. »Nicht kommentarlos. Sie hat mir erklärt, daß Sie es mitnehmen und den Inhalt des Päckchens analysieren lassen sollen.«

Ich furchte die Stirn. »In einem normalen Labor?«

»Das denke ich schon.«

»Hat sie Ihnen noch mehr mit auf den Weg gegeben? Eine Nachricht an mich?«

»Das war alles.«

Ich hob das ›Geschenk‹ an. Es war nicht schwer, lag leicht auf meiner Handfläche. An eine Bombe dachte ich nicht, meine Gedanken drehten sich einzig und allein um den eventuellen Inhalt. Was konnte das sein? »Darf ich es öffnen?« fragte ich.

Rita hob die Schultern. »Natürlich, es gehört Ihnen. Ich bin auch gespannt, wenn ich ehrlich sein soll.«

Das Päckchen war nicht verschnürt. Durchsichtiger Klebstoff hielt die Ecken zusammen. Ich zog sie vorsichtig auseinander und faltete das Papier knisternd auf.

Ein kleiner Karton mit Deckel stand vor mir. Vorsichtig hob ich den Deckel ab. Er zerrte und klemmte nicht. Zwischen Rita und mir lag ein Feld der Spannung. Es war beinahe so etwas wie Weihnachten. Jeder wollte sehen, was Dora als Erbschaft hinterlassen hatte.

Es war ein schlichtes Glas mit einem Metallverschluß. Man nahm derartige Gefäße auch als Gläser für Konfitüren und Marmeladen, nur sah mir der Inhalt danach nicht aus.

Etwa fingerhoch wurde der Boden von einer teerartigen Masse bedeckt.

Beide staunten wir, nur fand ich meine Sprache schneller zurück. »Das ist alles?«

Rita nickte. »Mehr hat sie mir wirklich nicht überlassen, Mr. Sinclair.«
»Komisch.«
Sie hob die Schultern. »Finde ich auch, wenn Sie mich fragen, aber was soll ich machen? Ich habe nur ihren letzten Wunsch erfüllt. Sie können damit anfangen, was Sie wollen.«
»Analysieren lassen . . .«
»Das war ihr Wunsch.«
Ich räusperte mich. Das Glas hielt ich noch in der Hand und drehte es. Die Masse bewegte sich dabei kaum. Sie war sehr zähflüssig und besaß auch nur die eine pechschwarze Farbe.
»Wissen Sie denn, Rita, was es sein könnte?«
Sie lehnte sich zurück und fuhr wieder durch ihre flammendrote Mähne. »Wahrscheinlich denken Sie das gleiche wie ich.«
»Teer?«
»Genau.« Ihr Arm bewegte sich nach unten. Mit der flachen Hand schlug sie auf den Tisch.
Ich lächelte kantig. »Wobei ich mich natürlich frage, weshalb ich Teer untersuchen lassen soll.«
»Das hat nur sie gewußt. Es muß ja nicht unbedingt Teer sein, Mr. Sinclair.«
Ich drehte den Deckel ab und hielt mir die Öffnung unter die Nase. Dabei roch ich.
»Und?« fragte Rita.
»Tja, eigentlich geruchlos. Vielleicht riecht es etwas faulig.« Ich reichte ihr das Glas. »Hier, nehmen Sie mal eine Prise.«
Auch Rita schnüffelte wie ich. »Da haben Sie recht, Mr. Sinclair, da kann ich Ihnen nicht widersprechen. Ich würde sagen, daß es eine alte Masse ist.«
»Möglich.«

Ich nahm den Deckel und schraubte das Glas wieder zu. »Jedenfalls werde ich Sie verständigen, wenn das Ergebnis unserer Analyse vorliegt. Alles klar?«

»Ich warte darauf!«

Beide standen wir zugleich auf. Rita reichte mir die Hand. Der Druck war kräftig. »Wie lange könnte es dauern, bis Sie das Ergebnis auf dem Schreibtisch haben?«

»Das hängt von unseren Experten ab. Doch keine Sorge, sie sind sehr gut ausgebildet.«

»Ich hoffe es.«

»Wie kann ich Sie erreichen?«

»Hier im Wagen habe ich leider kein Telefon. Machen wir es so, ich werde Sie gegen Abend anrufen.«

»Einverstanden.«

»Ihre Nummer habe ich.«

»Um so besser.« Als ich die Tür aufgedrückt hatte, mußte Rita sie festhalten, sonst hätte sie mir der böige Sturm aus den Händen gerissen. Schnell lief ich zu meinem Wagen und fragte mich dabei, was mir die unbekannte Tote wohl als Erbe hinterlassen haben könnte...

»Ich gehe jetzt«, sagte Glenda Perkins, gähnte und band den Gürtel des gefütterten Trenchs fester.

»Tu das. Ich kann dich nicht aufhalten.«

Glenda schaute mich von der Seite her an. »Und du glaubst noch immer, daß bei der Analyse etwas herauskommt?«

»Klar!«

»Dir ist nicht zu helfen.« Dann lächelte sie. »Andererseits ist es besser, hier im Büro zu hocken, als draußen durch den Sturm zu rennen.«

»Dann bleib auch hier.«

Sie strich durch ihr dunkles Haar. »Das wiederum geht nicht. Ich muß noch etwas einkaufen.«

»Vielleicht könnten wir essen gehen.«

»Ja, ja, vielleicht. Wenn du das schon sagst, klappt es sowieso nicht. Das kenne ich zur Genüge.«

»Wie du willst.«

Suko betrat das Büro. Auch er war abmarschbereit. Mit dem Wagen war er nicht gekommen, die U-Bahn rollte unter den Straßen, und dort stürmte es nicht.

Er war natürlich von mir eingeweiht worden und erkundigte sich danach, ob ich ihm Bescheid geben würde, was die Analyse gebracht hatte.

»Klar, ich gebe dir Bescheid.«

»Dann wünsche ich dir viel Spaß.«

»Ich auch«, sagte Glenda.

Beide verschwanden, Glenda winkte noch. Allein blieb ich zurück und legte die Beine auf den Schreibtisch.

Am Morgen war ich bei Rita gewesen, danach ins Büro gefahren und hatte die unbekannte Masse unseren Wissenschaftlern überlassen, die sich augenblicklich an die Analyse machen wollten. Bisher lag kein Ergebnis vor. Mich jedenfalls hatte man noch nicht angerufen.

Ich rauchte eine Zigarette und schaute den blaugrauen Wolken nach, wie sie sich verteilten. Hin und wieder drang ein scharfes Brausen und Pfeifen an meine Ohren, wenn wieder eine Bö durch die Straßenschluchten der Millionenstadt tobte.

Auch Sir James, unseren Chef, hatte ich eingeweiht. Der konnte sich ebenfalls kein Bild machen und hatte nur die Schultern gehoben. »Warten wir die Analyse ab, John.«

Das tat ich nun seit einigen Stunden. Ich wollte auch

nicht unbedingt anrufen, die Kollegen von der Wissenschaft sollten schon genügend Zeit bekommen, um gründlich zu forschen.

Fünf Minuten ungefähr waren Suko und Glenda weg, da meldete sich das Telefon. Ich rechnete mit dem Wissenschaftler, doch Rita war am Apparat. Sie meldete sich mit vollem Namen und hieß Rita Wilson. »Haben Sie schon etwas erreicht, Mr. Sinclair?«

»Leider nicht.«

Ihre Enttäuschung war zu hören. »Allmählich werde ich nervös, wenn Sie verstehen?«

»Das bin ich auch.«

»Wissen Sie, ich habe es hin und her gedreht. Ich habe nachgedacht, aber ich bin zu keinem Ergebnis gekommen.«

»Das kann ich Ihnen nachfühlen.«

»Ich will nicht unhöflich sein, Rita, aber sie blockieren im Moment die Leitung.«

»Sorry, ich rufe später an.«

»Gewiß.« Nachdenklich legte ich auf. Was ich von dieser rothaarigen Frau zu halten hatte, wußte ich nicht. Stand sie wirklich so gut zu dieser toten Dora, wie sie mir gesagt hatte? Vorerst mußte ich es glauben.

Ein Klopfen an der Tür unterbrach meinen Gedankengang. Auf mein »Come in« betrat Dr. Dr. Winston Slide das Büro, ein Mann, der auf den Gebieten Chemie, Biologie und der physikalischen Chemie als Spitzenkraft angesehen werden mußte. Er sah nicht aus wie ein trockener Wissenschaftler, der nur seine Formeln kannte. Der Kurzhaarschnitt paßte zu ihm, er machte aus dem Mann den Typ Sonnyboy. Tatsächlich trieb er viel Sport, worauf auch die breiten Schultern schließen ließen.

»Darf ich mich setzen?«

»Sicher.«

Dr. Slide ließ sich auf Sukos Platz nieder. Dann stellte er das Glas auf den Schreibtisch.

»Und?« fragte ich.

»Sie sitzen auch gut, Mr. Sinclair?«

»Klar.«

»Dann halten Sie sich trotzdem fest.« Mit dem Zeigefinger deutete er auf das Gefäß. »Was sich in seinem Innern befindet, sieht aus wie Teer, das aber ist es nicht.«

»Sondern?«

Er machte es spannend, indem er noch einmal tief Luft holte. »Das sind die Überreste eines Menschen.«

Ich saß da und bewegte mich nicht. Selbst die Augen blieben starr. »Was soll das sein?« flüsterte ich nach einer Weile.

»Die Überreste einer Frau, Mr. Sinclair.«

»Da sind Sie sich sicher, Doktor?«

Slide lachte. »Natürlich. Ich habe sogar Überstunden eingelegt, weil ich die Analyse ein zweites und ein drittes Mal nachvollzog. Ich bin mir sicher, sicherer geht es einfach nicht. Was Sie vor sich im Gefäß sehen, sind die Überreste eines Menschen, der – und jetzt hören Sie genau zu – zerflossen ist.«

Ich staunte ihn an. »Zerflossen, sagen Sie?«

»Richtig.«

Vom Magen her drängte etwas in Richtung Kehle. »Das . . . das kann ich nicht begreifen. Sie sind der Experte. Können Sie mir keine Erklärung für dieses Phänomen geben?«

»Nein, aber der Mensch ist einmal eine Frau gewesen, das haben wir durch unsere Laser-Analyse feststellen können. Ein Mensch wurde zu dieser teerartigen Masse, Mr. Sinclair.«

»Und wodurch, Doc?«

Slide lächelte ein wenig schief. »Ist es nicht Ihr Job, dies herauszufinden?«

»Schon. Nur wäre ich für einen kleinen Tip oder Hinweis sehr dankbar.«

»Das kann ich nicht.«

Ich runzelte die Stirn. »Haben Sie keinen Verdacht, wie es geschehen sein könnte?«

»Nein.«

»Hat man diesen Menschen verbrannt?«

»Keine Spur.«

»Aber er roch, wie ich fand.«

»Ja, nach Moder. Mir und den Kollegen kam es vor, als wäre er innerhalb von fünf Minuten verfault und verwest. Das ist leider so, Mr. Sinclair. Mit etwas anderem kann ich Ihnen nicht dienen.«

Ich nickte ihm zu und starrte ins Leere. Da hatte mir die tote Dora ein verdammt großes Problem auf den Hals geladen. Wenn die Behauptungen des Wissenschaftlers stimmten, war es wahrscheinlich meine Aufgabe, dem Fall nachzugehen, denn es konnte durchaus Schwarze Magie eine Rolle spielen.

»Sonst haben Sie nichts herausgefunden, Doc?«

»Nein. Ich weiß mir keinen Rat. Es ist mir nicht bekannt, wie so etwas möglich sein kann. Wir haben geforscht, ich kann Ihnen nur mitteilen, daß dieser Rest«, er deutete mit der Fingerspitze mehrmals auf das Glas, »eine Frau gewesen ist.«

»Die sich dann veränderte«, flüsterte ich.

»Genau.«

»Was kann der Grund sein?«

Der Mann mit dem akademischen Doppeltitel schielte mich über das Beweisstück hinweg an. »Ist es nicht Ihre Aufgabe, dies herauszufinden?«

»Schon«, gab ich ihm recht. »Nur habe ich damit gerechnet, daß Sie mir einen kleinen Hinweis hätten geben können.«

»Das kann ich nicht. Sehen Sie mal, wir können Ihnen sagen, daß diese Masse einmal ein Mensch gewesen ist. Wie dieser Mensch so geworden ist und was die Gründe dafür waren, das kann ich Ihnen leider nicht mitteilen, Mr. Sinclair. Da stehen meine Kollegen und ich vor einem ungelösten Rätsel.«

»Scheint mir auch so.«

»Jedenfalls ist diese Frau nicht verbrannt worden. Sie hat sich einfach aufgelöst, so daß eben nur dieser Rest zurückblieb. Es gibt auch keine Spuren, was das Gebiß angeht, wir haben nicht einmal Reste einer Kleidung entdecken können, nur eben die Masse.«

»Die woraus besteht?«

»Aus Knochen, aus Haut, aus dem, was einmal ein Mensch gewesen ist, Mr. Sinclair.«

Nach dieser Antwort fuhr es mir kalt den Rücken hinab.

Die Gänsehaut wollte auch nicht weichen. Dr. Slide stand vor einem Rätsel, ich ebenfalls, obwohl mir der Mann schon sehr geholfen hatte. Ich wäre sonst nie auf den Gedanken gekommen, es mit den Resten einer Leiche zu tun zu haben.

Der Wissenschaftler hob die Schultern. »Es tut mir leid, Mr. Sinclair, daß ich Ihnen nicht mehr helfen konnte. Der große Rest ist Ihr Problem.«

»Und wie.« Ich war sehr nachdenklich geworden, schaute zu, wie sich Dr. Slide erhob und mir über den Schreibtisch hinweg die Hand reichte. »Viel Glück, Mr. Sinclair.«

»Danke.« Auch ich hatte mich erhoben.

Dr. Slide verließ mit den federnden Schritten eines

Sportlers das Büro und ließ mich ziemlich im Regen zurück.

Nicht einmal eine Minute später traf Sir James ein. »Ich habe soeben Dr. Slide gesehen. Was hat die Analyse ergeben?«

Ich berichtete es ihm.

Sir James bekam große Augen. »Das . . . das kann doch nicht stimmen, John – oder?«

»Doch, es ist wahr.«

Er mußte sich setzen. »Einen Rat wußte Slide auch nicht?«

»Nein, er ist der Wissenschaftler und hat seine Aufgabe erfüllt. Ich aber muß nach dem Motiv forschen.«

»Und wo wollen Sie das tun?«

»Das ist die Frage. Die Frau, die mir eine Antwort hätte geben können, ist tot. Herzschlag, wie ich hörte.«

»Glauben Sie daran?«

»Ich nehme es zunächst einmal hin.« Wieder starrte ich durch das Glas gegen die Masse. »Was kann dafür Sorge getragen haben, daß aus einem Menschen etwas Derartiges wird?«

»Sehen Sie zu, John, daß Sie es herausbekommen.« Sir James schaute auf seine Uhr. »Sie müssen mich leider entschuldigen. Ich habe noch eine Verabredung.«

»Okay, Sir.«

Superintendent Powell war gegangen, ich blieb zurück. Schwer mit meinen Gedanken beschäftigt, ohne allerdings auch nur entfernt an eine Lösung heranzukommen. Wie hypnotisiert starrte ich durch die Außenwände gegen die schwarze Masse.

War sie tatsächlich einmal ein Mensch gewesen? Kaum zu fassen, aber wenn Dr. Slide das sagte, mußte ich mich auf das Urteil dieses Experten verlassen.

Wieder meldete sich das Telefon. Diesmal war es Rita

Wilson, die mit vorsichtiger Stimme fragte, ob ich ein Ergebnis bekommen hätte.

»Das habe ich in der Tat, Rita!«

Gespanntes Schweigen. Ich wartete noch etwas ab und bereitete sie schonend auf die gesamte Wahrheit vor. Danach stand mir selbst der Schweiß auf der Stirn.

»Nein!« keuchte sie, »nein . . .«

Ich ließ Rita in Ruhe, starrte aus dem Fenster und hörte die Frage, ob sich der Wissenschaftler nicht geirrt hatte.

»Nie, ich lege für ihn so gut wie meine Hand ins Feuer. Er ist keinem Irrtum erlegen.«

»Ein Mensch!« keuchte Rita. »Es ist tatsächlich ein Mensch gewesen. Wer? Wissen Sie das?«

»Bestimmt nicht.«

»Sorry, es war eine dumme Frage. Ich bin völlig durcheinander.«

»Das ist verständlich. Wir müssen uns nur fragen, Rita, wie es weitergehen soll.«

»Wir?«

»Ja, Sie könnten mir helfen. Sie waren mit Dora gut befreundet. Wir müssen über sie nachdenken. Dann finden wir möglicherweise eine Spur.«

»Ich wüßte nicht, wie ich das machen sollte . . .«

»Lassen Sie uns gemeinsam überlegen, aber nicht am Telefon. Ich werde zu Ihnen kommen.«

»Wann? Jetzt?«

»So schnell wie möglich.«

»Gut, Mr. Sinclair, ich erwarte Sie!«

Das Gefäß nahm ich nicht mit und gab es bei Dr. Slide ab, der es in einen temperierten Schrank stellte und mir bei der Aufklärung des Falls alles Gute wünschte.

»Danke, das kann ich brauchen . . .«

Rita Wilson hatte sich umgezogen. Sie trug einen bequemen Hosenanzug aus dunkelrotem Chintz, der matt schimmerte.

Auf die blasse Haut hatte sie etwas Rouge gelegt und die Haarflut zu einem Pferdeschwanz zusammengebunden. Draußen stürmte es noch immer, jetzt begleitet von einem kalten, klatschenden Schneeregen.

Ich hatte die Tür des Wohnwagens wieder schnell zugedrückt, so daß wir geschützt standen.

»Wo haben Sie die Masse, Mr. Sinclair?«

»Nicht dabei. Ich überließ sie den Wissenschaftlern. Dort ist sie gut aufgehoben.«

»Ich hätte sie auch nicht mehr sehen wollen.«

»Gut, Rita, kommen wir zur Sache.«

»Zu welcher?«

Ich hatte mich gesetzt. »Was wissen Sie alles über Dora? Oder soll ich noch andere Kollegen von Ihnen fragen?«

»Nein, auf keinen Fall. Die können Ihnen nicht viel sagen. Die wissen gar nichts.«

»Dann waren Sie allein ihre Vertraute?«

»Richtig.«

»Erzählen Sie. Was hat Dora Ihnen anvertraut? Hat sie von ihrer Vergangenheit gesprochen?«

»Selten.«

»Gab es da einen gewissen Punkt?«

Rita Wilson starrte zu Boden. »Ich habe keine Ahnung, ich weiß nur, daß Dora nicht allein war.«

»Hat sie geheiratet?«

»Nein, das nicht gerade. Sie hat mal mit ihrer Verwandtschaft zusammengelebt, bevor sie sich davon trennte und sich unserem kleinen Zirkus anschloß.«

»Was waren das für Verwandte?«

Rita hob die Schultern. Zeitlupenhaft nahm sie auf

der Bank Platz. »Das kann ich Ihnen nicht sagen, Mr. Sinclair. Ich weiß nur, daß Dora mit diesen Menschen nicht sehr gut auskam. In einer stillen Stunde hat sie mir davon berichtet.«

»Schön. Sie erinnern sich nicht zufällig an die Namen?«

»Nein, um Himmels willen, die nannte Dora nie. Sie war in manchen Punkten mehr als verschlossen.«

»Was gab es noch in ihrer Vergangenheit, an das Sie sich erinnern können?«

Rita Wilson schob die Unterlippe vor. »Wenn Sie mich so direkt fragen, können Sie keine Antwort darauf bekommen, Mr. Sinclair. Es ist alles zu vage.«

»Woher stammte sie?«

»Aus Europa.«

Ich mußte lachen. »Eine gute Antwort. Sosehr ich für das Vereinigte Europa bin, Dora muß einer Nationalität angehört haben.«

»Sie liebte Frankreich.«

»Schön. Ist sie von dort gekommen?«

»Das kann durchaus sein.«

Wir drehten uns im Kreis. Rita wußte nichts oder wollte nichts wissen, obgleich sie mir nicht den Eindruck einer Frau machte, die mich hier anlog.

»Gibt es denn keine Spuren? Wie war das nach ihrem Tod? Hat man den Wohnwagen ausgeräumt, ihn durchsucht?«

»Schon.« Sie nickte. »Doras Sachen wurden aufgeteilt. Die Möbel sind ja nicht schlecht gewesen.«

»Haben Sie auch etwas bekommen?«

»Ja.«

»Was, bitte?«

»Ich habe noch nicht nachgesehen. Wichtig waren ihre letzten Worte . . .«

»Moment mal, Rita. Wenn Sie gewisse Dinge an sich genommen haben, müssen Sie doch gewußt haben, was es gewesen ist?«

»Ich war vor einigen Tagen wie in Trance. Ich habe einige Sachen eingepackt und sie in eine Kiste getan.«

»Wo steht die?«

»Hier im Wagen.« Sie schlug sich gegen die Stirn. »Sorry, Mr. Sinclair, ich werde sie holen.«

In der Zwischenzeit wartete ich. Sie ging dorthin, wo auch ihr Bett stand. Hinter dem Kopfende und von mir nicht einsehbar, stand das andere Erbe der Dora.

Eine Holzkiste mit Deckel schleppte sie heran. Ich half ihr, wir stellten sie auf den Tisch. Das Schloß besaß eine Lasche, die nur eingerastet war.

Ich klappte sie und anschließend den Deckel hoch. Was ich fand, war Geld. Verschiedene Währungen. Englische Pfund, Deutsche Mark und französische Franc. Die in der Überzahl.

Ich ließ die Scheine durch die Finger gleiten. »Ihre Liebe zu Frankreich hatte sich auch bei der Verteilung des Geldes ausgedrückt, Rita.«

Sie stand am Tisch und schaute achselzuckend in die offene Holzkiste. Etwas Schmuck fand ich auch. Ob echt oder nicht, konnte ich nicht entscheiden.

Gemeinsam mit Rita Wilson kehrte ich das Unterste nach oben, bis ich den Brief fand, der nicht nur zugeklebt, sondern zusätzlich noch versiegelt war.

Einen Adressaten gab es nicht.

Ich hielt ihn hoch. »Können Sie damit etwas anfangen, Rita?«

»Nein, nichts.«

»Ich werde ihn öffnen.«

»Tun Sie das.«

Beim Zerbrechen des Siegels fielen die Krümel auf

den Tisch, die ich wegblies. Dann zog ich den Brief aus dem Umschlag. Das Papier war ziemlich dick und besaß einen Stich ins Gelbe.

Ich faltete ihn auf, las zuerst leise, dann lauter vor. »Hören Sie genau zu, Rita, das *kann* nicht nur die Spur sein, das *ist* sie.« Jetzt zitierte ich: »Wer immer diesen Brief findet – ich hoffe, daß er in gute Hände fällt –, den möchte ich vor den teuflischen Vier warnen, die den Höllenschlamm beherrschen. Ich habe damals fliehen müssen, bevor sie mich vernichten konnten. Ich habe lange geschwiegen, zu lange, bis ich es leid war und eine Frau engagierte, die als Detektivin arbeitete. Sie schickte ich zu ihnen in das Haus, ich setzte Vertrauen in sie, aber sie schaffte es nicht. Der Höllenschlamm war stärker. Er vernichtete sie, und wie zum Hohn schickten mir die teuflischen Vier die Reste. Sie waren sich ihrer Lage sehr sicher. Ich habe Angst gespürt und mich deshalb an John Sinclair gewandt. Ich hoffe, daß er noch etwas retten kann, bevor der Höllenschlamm die große Vernichtung beginnt. Wer immer diesen Brief liest, sollte an Frankreich und an das *Cap de la maison* denken. Es ist die Spur, nur sie zählt. Gott sei uns allen gnädig.«

Ich ließ den Brief sinken und schaute Rita Wilson an. Sie saß da wie ein Schulmädchen, die Hände in den Schoß gelegt. Dabei zwinkerte sie, so fahrig war sie.

»Nein«, flüsterte sie, »das darf nicht wahr sein.«

»Sie wissen mehr?«

Es war zu sehen, wie sie Luft holte. »Ich weiß nicht mehr, Mr. Sinclair, aber tief in der Schublade meiner Erinnerung ist etwas hervorgebrochen. Frankreich, die Liebe zu Frankreich, das Cap de la maison in der Bretagne.«

»Das kennen Sie?«

»Nein, nicht persönlich, aber sie hat einmal davon gesprochen oder sich versprochen, als sie von einem Haus redete, in dem das Böse beheimatet wäre.«

»Wer wohnt dort?«

Aus großen Augen schaute mich Rita an. »Wenn ich das wüßte, wäre mir wohler.«

»Hat Dora davon nie gesprochen?«

»Nein, nein. Da war sie sehr verschlossen.«

Ich nickte und legte den Brief wieder in die Kiste. Es war die zweite Spur in diesem verflixten Fall, und ich wollte sie besser nutzen als die erste, weil sie eben konkreter war.

»Ihrem Gesicht kann ich ablesen, Mr. Sinclair, was Sie jetzt vorhaben. Sie möchten hin, nicht?«

»Richtig, Rita. Nur muß ich das Haus zunächst einmal finden. Die Bretagne ist groß.«

»Das stimmt allerdings. Ich wüßte nicht, wie ich das anfangen soll.«

Ich lächelte sie an. »Wozu gibt es Computer und einen grenzüberschreitenden Informationsaustausch? Das wird schon alles in die Reihe kommen, davon bin ich überzeugt.«

»Und Sie wollen da wirklich hin?«

»Wenn ich mehr über das Cap de la maison weiß, auf alle Fälle. Mich hat schon immer alles interessiert, was mit der Hölle zusammenhing, auch wenn es nur Schlamm war.«

Rita nickte, wich meinem Blick aber aus, als ich sie anschaute. Sie kam mir vor, als hätte sie ein schlechtes Gewissen. Ich sprach sie direkt darauf an.

»Ja, Sie haben recht. Sie brauchen nicht erst zu fahnden. Ich habe über das Haus gehört.«

»Das sagen Sie mir jetzt erst?«

»Bitte, verstehen Sie mich nicht falsch. Ich weiß

sogar, wo es liegt. Ich möchte Sie noch um etwas bitten.«

»Sie wollen mit, nicht wahr?«

»Richtig.«

»Nein, Rita. Sie werden mir nur die Adresse nennen. Alles andere müssen wir leider streichen.«

Zunächst machte sie den Eindruck, als wollte sie nichts sagen. Dann flüsterte sie die genaue Anschrift. »Das Haus muß einige Meilen nördlich von Brest liegen. Ziemlich nahe an der Küste. Doch wenn Sie jetzt fahren, laufen Sie Gefahr, davongeweht zu werden.«

Ich winkte ab. »Das bin ich gewohnt. Ist Ihnen noch etwas dazu eingefallen?«

»Es dient als Pension, glaube ich.«

Ich schluckte. »Auch das noch. Jedenfalls vielen Dank, Rita.«

Sie nickte nur, starrte ins Leere und merkte kaum, daß ich den Wohnwagen verließ . . .

Zwei Tage später!

Ich war gefahren, hatte Suko in London zurückgelassen, weil man in einem Seitenkanal der Themse einen jungen Mann gefunden hatte, der umgebracht worden war. Die Tötungsart hatte auf einen Ritualmord hingedeutet, und Sir James bestimmte, daß der Inspektor den Fall übernahm.

Das Wort meines Chefs hatte auch für Suko Gewicht, obwohl er sich darüber ärgerte. Andererseits durfte eine Untat wie dieser Mord nicht unterschätzt werden. Das war möglicherweise eine Spur, die auch in andere Richtungen deuten konnte. Zum Beispiel in den Bereich der Sekten oder der Satansanbeter, da war es schon besser, wenn ein Experte wie Suko am Ball blieb.

An vieles wurde gedacht. Die abgestellte Masse tief unten im Labor des Yard, die dort in einem abgeschlossenen und temperierten Glasschrank stand, die wurde vergessen. Sie war schließlich analysiert worden und sollte noch einmal unter die wissenschaftliche Lupe genommen werden, doch erst später, weil zuvor aktuelle Dinge erledigt werden mußten.

So stand das Gefäß unberührt und sicher im Schrank. Es wurde auch von den Mitarbeitern kaum zur Kenntnis genommen.

Hin und wieder warf jemand, der in diesem Raum zu tun hatte, einen Blick durch die Scheibe, ansonsten kümmerte man sich nicht darum.

Aber die Masse war nicht so ruhig, wie sie aussah. Sie lag zwar fest innerhalb des Gefäßes, aber sie besaß ein eigenes Leben, tief verborgen, noch nicht entdeckt.

Magie, besonders die teuflische, reagierte anders als eine Laser-Analyse der Wissenschaftler.

Der Schlamm zitterte plötzlich!

Es sah aus, als würde er eine Gänsehaut bekommen. Die Oberfläche veränderte sich dabei. Sie wellte auf, dann entstanden die ersten Blasen, blieben für einen Moment, beulten sich weiter nach oben, bis sie schließlich zerplatzten.

Zurück blieben kleine Trichter, die allerdings sofort Nachschub bekamen, sich wieder glätteten, aber nicht ruhig blieben, denn sie breiteten sich zu beiden Seiten hin aus und sorgten dafür, daß die gesamte Schlammmasse in Bewegung geriet.

Zuerst begann das schwarze Zeug zu schaukeln. Es sah so aus, als wollte es vor der großen Aktion noch einmal tief Luft holen, bevor es an den Innenwänden des Glases in die Höhe stieg.

Dort waren feine Streifen entstanden, die, entgegen

der Erdanziehung, ihren Weg in die Höhe fanden, was ein physikalisches Phänomen darstellte.

Niemand war da, der das Glas bewegte und den Schlamm unter Kontrolle bekam. Alles geschah wie von allein und gesteuert durch eine rätselhafte Kraft.

In vier Streifen stieg der Schlamm an den Innenwänden in die Höhe und näherte sich dem Deckel, der fest auf die Fassung geschraubt worden war.

Noch geschah nichts ...

Der Schlamm sammelte sich wieder, floß nach unten, blieb auf der Oberfläche liegen und wartete auf einen zweiten Angriff, der einfach kommen mußte.

Er wurde von einer unerklärbaren Kraft geleitet, die dafür sorgte, daß er sämtliche physikalischen Hindernisse überwand und sich in die Höhe schieben konnte.

Beim zweiten Versuch erreichte er den Deckel. Die vier dunklen Streifen trafen sich in der Mitte, wo sie noch einmal die Kräfte bekamen, die nötig waren.

Sie drückten von unten her gegen den Deckel!

Und er, der nur aus Blech bestand, fing damit an, sich zu wellen. Durch den Druck entstand eine Beule, diesmal auf dem Deckel.

Riß das Blech?

Nein, es hielt, und der schwarze Schlamm zog sich wieder zurück. Er rann langsam und streifig an den Innenwänden des Gefäßes nach unten und sammelte sich wieder auf dem Boden, um dort erneut Kraft für einen weiteren Versuch zu schöpfen.

Still blieb die Masse verteilt. Nicht einmal ein Zittern durchrann sie. Aber sie lag auf der Lauer, ihre Kraft war nur mehr zu ahnen, und es verstrichen Minuten.

Die nächste Attacke auf den Deckel erfolgte urplötzlich, praktisch ohne jede Vorwarnung.

Aus der Mitte der Schlammfläche jagte eine Fontäne

in die Höhe. Sie war so breit wie zwei Finger, besaß sehr viel Kraft und hämmerte wuchtig vor die Unterseite des Deckels.

Hielt der Deckel?

Zuerst sah es so aus. Dann bekam er eine warzenähnliche Beule.

Die zweite Fontäne schoß direkt auf diese Schwachstelle, und sie kam durch.

Der Deckel zerbarst wie bei einer Detonation. Ein breites Loch war entstanden, ausgefranst an den Rändern. Der Schleim hatte das geschafft, was er wollte.

Er war ins Freie gelangt . . .

Ich hatte es geschafft und war selbst geschafft. Nicht wegen der verhältnismäßig langen Reise, das war für einen gewohnten Traveller wie mich kein Problem, nein, es ging einzig und allein um den Sturm, der mich aufgehalten hatte.

Dieser vierte Orkan schlug noch einmal fürchterlich zu. Ich wußte nicht, ob es der schlimmste in diesem Jahr war, mich aber lehrte er das Fürchten.

Mit der ersten Fähre kam ich dann rüber. Am späten Abend schafften wir es, und wir waren wenige, die sich auf die schwankenden Schiffsplanken getraut hatten.

Die Wagen standen unter Deck, auch ich hielt mich dort auf, allerdings nicht in der großen Garage, sondern in einem der Restaurants, wo noch weniger Fahrgäste saßen.

Schlafen konnte ich nicht. Ich hatte vorgeschlafen und von den letzten Stunden des Sturms nicht viel mitbekommen. Dafür gerieten wir noch in die Ausläufer.

Die See hatte sich zwar beruhigt, aber die Wellen brandeten trotzdem höher als normal. Acht und eine halbe Stunde sollte die Fahrt dauern, dann erreichten wir St. Malo. Von dort aus mußte ich dann noch einige Meilen in Richtung Westen fahren, um mein Ziel zu erreichen. Ich war also gezwungen, die Nacht auf der Fähre zu verbringen.

Gemietet hatte ich eine Doppelkabine, die allerdings nur von mir belegt war. Der Mangel an Fahrgästen machte sich halt bemerkbar. Es gab auch Menschen, die in keiner Kabine schliefen und die Nacht auf Holzbänken verbrachten.

Darauf verzichtete ich.

Das Schiff stampfte durch die noch immer aufgewühlte See.

Das Schaukeln liebte ich zwar nicht besonders, aber ich gehörte zu den glücklichen Menschen, die nicht so schnell seekrank wurden. Ich brauchte auch keine Tabletten gegen diesen Zustand einzunehmen.

Nicht weit entfernt hockte eine Familie zusammen, der es nicht so gut ging wie mir.

Die Mutter erwischte es als erste. Sie schaffte es nicht mehr bis zur Toilette und übergab sich. Zum Glück besaß sie eine Tüte. Bleich und zitternd ließ sie sich wieder nieder, die Hände gegen den Magen gelegt und schaute die restlichen Familienmitglieder an, wobei ihr Sohn breit grinste.

Das hätte er besser nicht getan, denn ihn erwischte es als nächsten. Der Vater kam auch noch an die Reihe, die Tochter ebenfalls. Danach zog sich die Familie zurück. In ihrer Kabine war sie bestimmt ungestörter.

Ich konnte mir gratulieren, daß ich mich noch so verhältnismäßig gut hielt.

Allerdings war mir der Appetit vergangen. Ich hätte gern einen Happen gegessen, unterließ es in Anbetracht der Vorfälle und schaute statt dessen durch die großen Scheiben nach draußen, wo sich die See schwerfällig bewegte.

Lange Wellenberge entstanden und rollten gegen die Fähre an. Oft genug entstanden beim Aufprall lange Gischtfahnen, die wie nasse Tücher über die Decks wehten.

Zwei Offiziere erschienen und erkundigten sich, ob alles in Ordnung wäre.

Eine sehr ängstliche Frau, die auf ihrem Gepäck hockte, faselte etwas von einem Weltuntergang und der Strafe Gottes. »Ich sage Ihnen, Gentlemen, wir werden das Festland nur als angespülte Leichen erreichen.«

Die Offiziere blieben gelassen. »Das wollen wir doch nicht hoffen, Madam.«

»Doch, dazu wird es kommen. Ich habe genug über die Unglücke gelesen.«

»Diese Fähre schafft es, Madam, Sie können beruhigt sein. Wir hatten noch nie eine Havarie.«

Die Frau lachte. »Weshalb so vornehm? Sagen Sie doch Untergang. Nein, nein, ich bin mir ganz sicher. Es wird Zeiten geben, da werden Sie an meine Worte denken.«

»Natürlich, Madam.«

Die beiden Männer verschwanden.

Die Frau saß unglücklicherweise in meiner Nähe und drehte sich jetzt um, da sie ein neues Opfer suchen wollte.

Ich schaute schnell zur Seite und tat dabei völlig desinteressiert. Nur aus dem linken Augenwinkel schielte ich in ihre Richtung. Sie fixierte mich, überlegte und handelte danach so, wie ich es mir vorgestellt hatte.

Sie beschäftigte sich mit sich selbst, jammerte und murmelte Sprüche, die wohl so etwas wie beruhigende Gebete sein sollten.

Mich kümmerte es nicht. Ich streckte meine Beine aus und wollte mir etwas zu trinken holen, als ich in der Scheibe vor mir eine Bewegung sah. Dort malten sich die Umrisse einer Person ab.

Zuerst dachte ich an eine Täuschung, bis ich den Kopf drehte und die Person in natura anschauen konnte.

Es war Rita Wilson!

Neben der Bank, auf der ich hockte, blieb sie stehen, ein breites Lächeln auf dem Gesicht.

»Sie?« ächzte ich.

»Darf ich mich setzen?«

Ich schaute sie an. Sie trug wetterfeste Kleidung und hatte ihr Gepäck in einem schmalen Rucksack verstaut.

»Bitte, Rita, das Schiff gehört mir ja nicht.«

Sie nahm den Rucksack ab und drückte sich neben mich. Ihre Haarflut wurde diesmal von einem gelben Stirnband gehalten. Sie strich es trotzdem nach hinten, möglicherweise eine Geste der Verlegenheit.

»Enttäuscht, Mr. Sinclair?«

»Sagen Sie John zu mir.«

»Gut, an den gleich die gleiche Frage.«

Ich lachte leise. »Nein, im Prinzip nicht. Eigentlich hätte ich es mir denken können. So wie Sie reagiert haben, das war für mich absolut unüblich.«

»Was ist denn üblich bei Ihnen?«

»Daß Sie abgewartet hätten.«

Wieder schob Rita die Unterlippe nach vorn. »Toll, wirklich. Sie denken also auch so wie manche Machos, daß wir Frauen nur unter der Knute stehen und ansonsten . . .«

»Nein, bitte. So nicht, wirklich nicht. Ich hatte Sie nur normal eingeschätzt, denn was ich vorhabe, das ist kein Kinderspiel, Rita. Glauben Sie mir das, bitte.«

»Das weiß ich.« Ich bekam einen Blick aus großen Augen geschenkt. Sie sahen aus wie die grünlich schimmernden Oberflächen kleiner Teiche. »Aber ich muß Ihnen sagen, John, daß ich zu denjenigen Personen gehöre, die es nicht einfach hinnehmen, wenn jemand ums Leben kommt, der einem sehr nahe gestanden hat. So war es nun mal mit Dora. Ich will nicht gerade behaupten, daß wir ein Mutter-Tochter-Verhältnis gehabt hätten, aber so ähnlich war es doch.«

»Schön, dann wollen Sie das Haus der alten Dame also zusammen mit mir besuchen?«

»Ja, wir brauchen uns ja nicht zu kennen. Wir könnten dort wohnen und werden weitersehen.«

»Bestimmt.«

Rita lächelte. »Jetzt habe ich tatsächlich Hunger bekommen. Sie auch, John?«

»Bei diesem Seegang können Sie essen?«

»Wer auf dem Hochseil balanciert, dem macht so etwas nichts aus.«

»Wahrscheinlich.«

Rita Wilson stand auf. »Soll ich Ihnen etwas mitbringen, John?«

Ich nahm es mit Humor. »Nur nichts Fettiges.«

»Einen Sandwich?«

»Ja, mit Käse und Grünfutter.«

»Also Salat?«

»Richtig.«

Sie ging. Ich schaute ihr nach. Eine klasse Figur konnte sie schon aufweisen. Wer als Artistin sein Brot verdiente, der mußte darauf achten, nicht zu dick zu werden.

Ich war nicht besonders erfreut darüber, daß sie mit auf die Fähre gekommen war. Für mich war Rita keine Hilfe, mehr ein Hindernis. Weshalb hatte sie diese

Reise angetreten? War es nur das Verhältnis zu Dora, ihrer Freundin, gewesen? Das konnte, brauchte aber nicht zu sein. Möglicherweise steckten andere Motive hinter der Reise.

Sie kam zurück, hatte auch noch zwei Flaschen Wasser auf dem Tablett stehen und stellte alles auf den Tisch, der an den Seiten ›Banden‹ aufwies, damit nichts herunterrutschen konnte.

Sie aß Roastbeef, dazu einen Teller Salat mit Thunfisch und zwei halben Eiern garniert.

»War es richtig?« fragte sie.

»Ja.« Ich schenkte Wasser in zwei Gläser. »Was bekommen Sie von mir?«

Rita lächelte mich an. »Nichts, ich habe Sie eingeladen.«

»Dann bedanke ich mich.«

Was man ihr als Sandwich verkauft hatte, würde ich mit dem Begriff Gummibrötchen bezeichnen. Auch der Käse war an den überstehenden Rändern schon hart geworden. Seine Kruste schimmerte in einem tiefen Gelb. Die brach ich ab und würgte das bescheidene Mahl herunter.

Meiner Nachbarin schmeckte es. »Wissen Sie«, sagte sie kauend, »man muß immer das Beste aus seiner Lage machen.«

»Im Prinzip haben Sie recht. Wer weiß, wann wir wieder etwas in den Magen bekommen.«

Da lachte sie auf. »So meine ich das nicht. Wenn Sie zum fahrenden Volk gehören, nehmen Sie einfach eine andere Mentalität an, John. Da kommn Sie mit jeder Situation zurecht.«

»Wenn Sie das sagen.«

»Glauben Sie mir.«

»Und wie geht es weiter?« fragte ich.

Rita schaufelte die Reste des Thunfischs zusammen und stach die Gabelzinken hinein. Gelassen schob sie den letzten Bissen in den Mund und hob die Schultern. Nach dem Schluck Wasser bekam ich die Antwort. »Wie es weitergehen soll, kann ich Ihnen nicht sagen. Ich hoffe nur, daß wir eine einigermaßen ruhige Nacht bekommen, damit ich noch einige Stunden Schlaf finden kann.«

»Haben Sie eine Kabine gebucht?«

»Sehe ich so aus?«

»Wieso? Ich meine . . .«

»Nein, John, nein. Ich werde hier auf der Bank übernachten. So etwas bin ich gewohnt. Ich kann praktisch überall schlafen, das müssen Sie mir glauben.«

»Ja, natürlich.« Ich versank in Nachdenken. Ich hatte eine Kabine gemietet, in der auch noch ein zweites Bett stand, das die Nacht über leerbleiben würde. Das Bett stand nicht direkt neben dem meinen, sondern ein Stück davon entfernt.

»Sie haben eine Kabine, nicht?«

»Richtig.«

»Und jetzt denken Sie darüber nach, ob Sie die mit mir teilen wollen, John.«

»Stimmt auch.«

»Ich hätte nichts dagegen«, erklärte sie mir frisch von der Leber weg und strahlte mich dabei an.

»Ich im Prinzip auch nicht.«

»Was sitzen wir dann noch hier herum. Lassen Sie uns hingehen, da ist es bestimmt gemütlicher.«

»Widersprechen kann ich Ihnen nicht. Wie wäre es noch mit einem kleinen Schlummertrunk?«

»Immer.«

Ich stand auf und ging zum Buffet, wo die Bedienungen mit übermüdeten Gesichtern zusammenstanden und sich flüsternd unterhielten. Zwei Flaschen Rotwein schleppte ich ab. Er stammte aus Frankreich und war ziemlich teuer.

Gläser nahm ich ebenfalls mit, zahlte und verließ zusammen mit Rita den ungemütlichen Raum.

Wie betrunken bewegte sich mich durch den Kabinengang, was Rita zu einem Lachen reizte. Sie hielt sich gerade, kein Wunder bei ihrem Job. Meine Kabine lag ziemlich am Ende des Ganges. Aus dem Nachbarraum hörte ich Geräusche, die mir gar nicht gefielen. Dort schien sich jemand zu übergeben.

Ich schloß auf und ließ Rita in den schmalen Raum vorgehen. Klein war er wirklich, aber die Betten standen getrennt. Ein festgeschraubter Tisch war ebenso vorhanden wie die beiden festgeschraubten Stühle. Sogar ein schmaler Schrank fand noch Platz.

Die Lampe unter der Decke sah aus wie ein Klodekkel. Ihr Licht erreichte auch das kleine Fenster, kein Bullauge, sondern ein Viereck so groß wie zwei Hände.

Ich schaute nach draußen. Die beiden Flaschen lagen auf dem Bett, wo Rita schon Platz genommen hatte, die Matratze ausprobierte und zufrieden war.

Draußen wogte die See. Helle Wellenkämme wurden von schaumigen Gischtstreifen begleitet. Die Fähre stampfte schwer, aber sie würde es schaffen.

»Haben Sie einen Flaschenöffner, John?«

»Moment, das erledige ich.« Der Öffner befand sich an meinem Taschenmesser.

Rita hatte ihre Jacke ausgezogen. Darunter trug sie ein dickes Sweatshirt. Grundfarbe weiß. Ungefähr dort, wo sich die beiden Brusthügel wellten, war Obst aufgestickt. Birnen, Äpfel, Erdbeeren und Kirschen verteilten sich dort.

Tutti frutti . . .

Die lange Hose hatte sie anbehalten, denn besonders warm war es in der Kabine nicht.

Mit den Wassergläsern stießen wir an. »Und worauf trinken wir, John?« fragte sie.

»Keine Ahnung.«

»Ich würde sagen, auf Dora und darauf, daß uns der Fall nicht das Leben kostet.«

Über das Glas hinweg starrte ich sie an. »Sie gehen aber ran, Rita. Das ist hart.«

»So bin ich immer. Ich hasse alles Indirekte, wenn Sie verstehen?«

Klar, ich verstand sie. Sogar doppelt, wenn ich ihren Blick hinzuzählte.

In der nächsten Zeit versuchte ich, sie auf ein gewisses Thema hin zu befragen. Ich wollte einfach mehr über diese geheimnisvolle Dora wissen, aber sie war dagegen. Rita antwortete entweder nur knapp oder überhaupt nicht. Eine Flasche Wein bekamen wir leer. Dann wechselte Rita ihren Platz, setzte sich zuerst auf die Bettkante, bevor sie sich nach hinten sinken ließ und ihren Körper ausstreckte.

»Müde?« fragte ich.

»Ein wenig schon. Sie haben einen ziemlich starken Wein geholt.«

»Der hilft gegen die Wellen.«

»Das will ich hoffen.«

Auch ich fühlte mich schlaftrunken. Die Schuhe zog ich noch aus, dann sank ich auf das Lager, blieb rücklings liegen und starrte die graue Decke an.

»Schlafen Sie, John?«

»Nein.«

»Dann denken Sie nach?«

»Das ist richtig.«

Ihr Lachen schwang zu mir herüber. »Ich kann mir

auch vorstellen, daß Sie über mich nachdenken. Sie können mich nicht richtig einordnen – stimmt es?«

»Da will ich Ihnen nicht widersprechen.«

Als sie sich aufrichtete, schaute sie nach links. Sie blickte mich direkt an. »Geben Sie mir eine ehrliche Antwort. Was stört Sie eigentlich an mir?«

»An Ihnen persönlich stört mich nichts.« Sie hatte das Stirnband gelöst und ließ die Haarflut fließen. »Nur denke ich über Ihre Aktivitäten nach, die mir schon etwas ungewöhnlich vorkommen, wenn ich ehrlich sein will.«

»Ich muß es wissen, John. Ich muß einfach herausfinden, was es mit dem Schlamm auf sich hat und welch ein Geheimnis es in der Vergangenheit der Dora gab?«

»Sie denken an die vier Frauen.«

»Ja, zum Teufel. Sie spielen eine entscheidende Rolle. Sie leben noch, und Dora hat sich bestimmt grundlos von ihnen getrennt. Wenn wir diesen Grund herausfinden, könnten wir der Lösung des Falles ein Stück näher gekommen sein.«

»Sie hätten Polizistin werden können.«

»Danke, mir gefällt mein Job. Was meinen Sie denn dazu?«

Ich gähnte. »Eigentlich gar nichts. Ich habe es gelernt, alles auf mich zukommen zu lassen.«

»Hm«, meinte Rita nach einer Weile. »Auch die Dinge, die wir mit unserem Verstand nicht begreifen können? Ich denke da an gewisse übersinnliche Vorgänge, um es einmal vorsichtig auszudrücken.«

»Genau das.«

»Aber Sie wissen, daß es so etwas gibt.«

»Darauf bin ich spezialisiert.«

»Das muß Dora auch gewußt haben, John.«

Unser Gespräch versickerte. Der Wein hatte uns

beide ziemlich schlaftrunken gemacht. Mochte die Fähre noch so stampfen und schlingern, ich schlief trotzdem ein und kam mir dabei vor, als würde ich in ein sehr tiefes Loch fallen.

Vergessen waren die Wellen, das Schiff und auch die lange Nacht, die trotzdem noch einmal unterbrochen wurde, denn irgendwann bewegte sich jemand neben mir und preßte sich dann an mich.

Aus den Tiefen stieg ich wieder hoch, öffnete die Augen und sah das Gesicht meiner Kabinenfreundin über mir. »Was ist denn los, Rita?«

»Ich friere.«

Jetzt war ich wacher, bekam einen trockenen Hals und ließ meine Hände über ihre nackte Haut gleiten. »Kein Wunder, daß du frierst, wenn du so wenig anhast.«

»Immerhin den Slip«, flüsterte sie.

»Läßt sich das nicht ändern?«

»Und wie«, erwiderte sie.

Ich hörte das Rascheln, und wenig später schaukelten wir im Rhythmus des Schiffes mit, gemeinsam.

Irgendwo muß man ja mal wieder Mensch sein – oder?

Auch in London war es Nacht, dunkel und wieder etwas stürmischer geworden, wobei der Wind Massen an Schneeflocken über die Riesenstadt an der Themse trieb. Das machte in der Nacht nicht so viel aus, es störte nur die, die dienstlich unterwegs waren.

Wir arbeiten bei jedem Wetter – so hätte auch der Werbeslogan für Scotland Yard heißen können. Es gab eine 24-Stunden-Schicht, und da spielte es keine Rolle, in welcher Abteilung man beschäftigt war.

Auch die Labors waren besetzt, denn Analysen und Untersuchungen mußten oftmals zu bestimmten Terminen fertig sein. Dunkel war es nur in den wenigsten Räumen. In dem, wo sich auch der Schlamm befand, brannte eine schwache Notbeleuchtung.

Das Licht verteilte sich trotzdem relativ gut, drang durch die Scheiben des Schranks und erreichte das Gefäß mit dem zerstörten Deckel. Noch hatte der Schlamm seinen weiteren Weg nicht gefunden. Er blieb vorerst im Innern des Glases und hatte ein gelblichrotes Schimmern bekommen, weil das Licht über ihn hinwegglitt. Dieser Schein fing sich an den kleinen Blasen, die auf der Oberfläche lagen und nicht mehr in die Masse hineingedrückt worden waren.

Er lag ruhig, aber in ihm steckte eine Energie, die nicht mehr schlafen wollte.

Wieder bewegte er sich . . .

Zuerst erzeugte er kleine Wellen, die über die gesamte Fläche liefen, um irgendwann zu zerrinnen. Aber die unerklärliche Kraft ließ sich nicht aufhalten. Aus dem Innern drückte sie hoch und brachte die schwarze Masse in Bewegung. Sie wellte sich hoch und stieg dem in der Mitte zerstörten Deckel entgegen. Kaum hatte der Schlamm seine Innenseite berührt, da sperrte er sich nicht mehr gegen den Druck.

Es riß ihn aus dem Gewinde, und der zähe, dunkle Schlamm bekam freie Bahn.

Er quoll hoch, wirkte wie befreit und breitete sich innerhalb weniger Sekunden im Glasschrank aus.

Und er vermehrte sich.

Er war kaum zu fasen, unvorstellbar, aber der Schlam bekam einen derartig raschen Zuwachs, als wären Zellen dabei, sich innerhalb von Sekunden zu verdoppeln, zu vervierfachen und so weiter . . .

Schon bald war der Boden des Schranks bedeckt. Wie gierige Finger kroch der schwarze Höllenschlamm an den Innenseiten des Schranks in die Höhe, als wollte er dort ein abstraktes Gemälde hinterlassen.

Nur erzeugte ein Gemälde keinen Druck, wie es der Schlamm tat. Er preßte sich gegen das Glas, das anfing zu zittern und sich dabei auch nach außen bewegte.

Haarfeine Risse entstanden. Der Druck nahm noch mehr zu, dann war es plötzlich soweit.

Die Scheibe zerplatzte!

Es klirrte nicht einmal, denn der Schlamm dämpfte die Geräusche des brechenden Materials.

Wie ausgespien wogte er nach vorn, verwandelte sich in einen langsamen Wasserfall, der in die Tiefe fiel und zu Boden klatschte, wo er sich ausbreitete.

Eine schwarze Pfütze entstand, die sich gleichmäßig nach allen Seiten hin vergrößerte und zudem immer mehr Nachschub bekam. Eigentlich war es nur eine Frage der Zeit, wann der Schlamm die Kontrolle über den gesamten Raum bekommen hatte.

Dann würde ihn auch keine Tür aufhalten können.

Die Invasion des Höllenschlamms hatte begonnen . . .

Als einer der ersten Wagen rollte mein Rover in St. Malo von der Fähre. Neben mir saß Rita, ein Lächeln auf den Lippen. Ich wußte nicht, ob es glücklich, entspannt oder spöttisch war. Vielleicht vereinigten sich darin alle drei Eigenschaften.

Jedenfalls hatten wir eine anstregende Nacht hinter uns. Sie war wie ein Vulkan gewesen, und ich hatte alle Mühe gehabt, seine Eruption zu löschen.

Geschlafen hatten wir kaum. Danach knapp eine Stunde, mehr nicht. Mir klangen noch Ritas Worte im

Ohr, als sie mir irgendwann gesagt hatte, daß jeder Tag der letzte im Leben sein könnte und man sich nehmen mußte, was das Leben noch bot.

Irgendwo hatte sie auch recht, obwohl ich darüber etwas anders dachte. Möglicherweise auch zu kompliziert.

Sie legte ihre Hand kurz auf die meine, als wir vor einer Schranke halten mußten. »Na, zufrieden?«

»Sicher.«

»So siehst du nicht aus.« Sie räkelte sich auf dem Beifahrersitz. »Du steckst voller Probleme, John.«

»Ich denke an die nahe Zukunft.«

»Sicher.« Rita nickte. »Das tue ich auch, aber ich vergesse auch nicht die nahe Vergangenheit.«

Ich lächelte knapp. »Da hast du recht. Das ergeht mir ebenso.« Ich konnte fahren, und wir ließen die Befestigungen des Hafens hinter uns, die den Stürmen trotz ihrer immensen Wucht standgehalten hatten.

Auch über Frankreich waren die Orkane mit verheerender Wucht gefegt. Am meisten hatten die Küstenstriche abbekommen und die in der Nähe liegenden Orte und Städte.

Wir sahen die Sturmschäden noch. Abgeknickte Bäume, die wie Streichhölzer gefallen waren. Zweige, Äste, gewaltige Baumkronen, die glücklicherweise die Straßen nicht mehr versperrten, denn der Katastropheneinsatz hatte sie weggeräumt und die Straßen wieder befahrbar gemacht.

Unser Weg führte in Richtung Westen, den noch starken Winden entgegen, die meinen Rover umheulten.

Ich hatte mich wieder auf die andere Fahrweise des Festlands eingestellt. Damit kam ich ebenso gut zurecht wie beim Linksverkehr in England.

»Stört es dich, wenn ich schlafe?« fragte Rita.

»Überhaupt nicht.«

»Dann gute Nacht.«

»Du hast gute Nerven.«

»Die braucht man auch als Artistin.«

Hinter Dinant bog ich auf eine sehr breite, fast schon autobahnähnliche Straße ab, die an der äußersten Westküste, in Brest, endete.

Die Bretagne hat ihre Reize. Eine urwüchsige Landschaft, vergleichbar mit Cornwall.

Weite Flächen, Hügel, Wälder, Felder und dort verteilt zahlreiche alte heidnische Kultstätten, wobei die Steine von Carnac fast so berühmt waren wie Stonehenge.

Ein wildes, ungezügeltes Land, ebenso wie seine Menschen. Die hatten nichts gemein mit der lockeren Geschmeidigkeit der Südfranzosen. Hier standen die Leute mit beiden Beinen so fest auf der Erde wie die mächtigen Bäume oder Steine, die den Orkanen getrotzt hatten.

Das Meer und die Landschaft hatten diese Menschen geprägt. Wer sie zu Freunden gewann, konnte sich hundertprozentig auf sie verlassen, was in einer Zeit wie dieser manchmal schon als Ausnahme galt.

Mal näherten wir uns der Küste, mal rollte der Rover tiefer in das Land hinein.

Wenn freistehende Häuser in meinem Blickfeld erschienen, wirkten sie so, als würden sie sich in das Land hineinducken, ihm aber gleichzeitig trotzen.

Aus alten Steinen waren die Häuser errichtet worden. Ihre Fassaden besaßen graue Farben, wobei einige von ihnen mit Moos und Efeu so überwachsen waren, daß sie selbst einen Teil der Natur bildeten.

Irgendwann mußte ich auch tanken. Gegen Mittag, bis zum Ziel war es nicht mehr weit, fuhr ich eine Tankstelle an. Kaum hatte ich den Rover gestoppt, öffnete Rita Wilson die Augen, die sie sich rieb, sich dabei hochschob und aus dem Fenser schaute. »Wir sind doch noch nicht da – oder?«

»Nein, Tankpause.« Ich stieg aus und machte Gymnastik, während ich dem Tankwart erklärte, daß er volltanken sollte.

Der Mann nickte nur, wirkte lethargisch und bekam Glanz in die Augen, als die rothaarige Rita meinen Rover verließ.

Ich mußte grinsen.

»Hast du Hunger?« fragte ich über das Wagendach hinweg.

Auch Rita reckte sich, bog ihren Körper durch und schwang die Arme nach unten, so daß sie mit durchgedrückten Knien ihre Handflächen auf den Boden legen konnte.

»Später.«

Ich erkundigte mich beim Tankwart nach einem Restaurant. Vor Brest sollte es eines geben.

»Und wo finden wir das Cap de la maison?«

»Die alte Bude?«

»Sicher.«

»Da können Sie auch was essen. Sie brauchen dann nur zehn Kilometer in Richtung Küste zu fahren.«

»Steht es direkt an der Küste?«

»Man kann hinspucken.«

»Wissen Sie noch mehr?«

»Kaum.« Er hängte den Schlauch wieder ein.

»Ich hörte von vier Frauen.«

»Kann sein.«

»Gibt es die?«

Der Mann kam auf mich zu. Sein blondes Haar zeigte einen wirren Schnitt. »Warum fahren Sie nicht selbst hin und fragen die Tanten, Monsieur? Machen Sie das mal.«

»Ich habe nur von ihnen gehört.«

»Das müßte reichen.«

Als er vor mir her in seine Bude ging, folgte ich ihm schnell. An der Kasse holte ich ihn ein. »Hören Sie, es soll Ihr Schaden nicht sein, Monsieur. Was ist mit den vier Frauen?«

Er schielte auf den Hundert-Franc-Schein. »Das Tanken extra?« fragte er.

»Versteht sich.«

Zuerst nahm er das Geld für beides. Dann bekam ich die Antwort. »Es ist so, Monsieur, Sie können hinfahren, aber die vier Weiber sind alle irgendwo meschugge. Die . . . sie sind sogar gefährlich. Viele haben Angst vor ihnen. Man spricht von schlimmen Dingen.«

»Wie schlimm?«

»Daß sie manchmal ihre Gäste töten und . . . na ja . . .ich will nichts gesagt haben. Bei Ihnen ist ein verdammt starkes Weib. Lassen Sie die alten Weiber in Ruhe und fahren Sie woanders hin. Das ist mein Rat, Monsieur, mehr kann ich Ihnen nicht sagen.«

»Merci.«

Ich ging wieder. Der Wind wehte durch die breite Lücke zwischen Kassenhaus und Zapfsäulen.

»Was hat er gesagt, John?«

Ich hämmerte die Tür zu. »Er hat uns vor den alten Weibern gewarnt, wortwörtlich.«

»Das tat Dora auch.«

Ich ließ den Motor an, der erst bei der zweiten Drehung des Zündschlüssels kam. »Hast du da noch genauere Informationen, Rita?«

»Nur indirekte. Sie jedenfalls wollte mit denen nichts

mehr zu tun haben. Für sie stand fest, daß die Frauen den falschen Weg gegangen sind.«

Wir fuhren bereits wieder auf der normalen Straße, als ich fragte: »Sag mal, kennst du eigentlich die Namen der vier Frauen?«

»Und ob, die habe ich behalten. Flora, Clara, Georgette und Erica. Das sind sie.«

»Oje.«

»Wieso?«

»Die zu behalten, ist nicht leicht. Gibt es so etwas wie eine Chefin oder Anführerin?«

»Das ist Flora.«

»Wie schön, die Blume.«

Rita hob die Schultern. »So blumig scheint sie mir nicht zu sein, wenn ich an Dora denke.«

»Hat sie mehr über sie erzählt?«

»Nur allgemein, und damit bezog sie ihre Auskünfte auch auf die anderen Frauen.«

»Dann werden wir uns bald selbst ein Bild von ihnen machen können.«

Rita gab mir keine Antwort. Wir fuhren auf Brest zu. Der Verkehr steigerte sich wie überall, wenn größere Städte in der Nähe waren. Viele Lastwagen waren unterwegs. Hochbeladen mit Gemüse, Obst und anderen Waren des täglichen Bedarfs.

Ich erkundigte mich nach Ritas Appetit.

»Den kannst du vergessen. Jetzt bin ich nur mehr hungrig auf vier alte Frauen.«

Wir hatten vor dem Verlassen der Fähre nur Kaffee getrunken, der mußte ausreichen.

Um das Cap de la maison zu finden, mußten wir uns durchfragen. In einem kleinen Vorort von Brest erkundigte ich mich bei einem Mann, der in einer Hausnische hockte und trübe vor sich hin starrte.

Die Beschreibung des Wegs bekam ich und auch die Angabe, was die Entfernung anging.

»Wieviel?« fragte das Mädchen.

»Knappe zehn Kilometer.«

»Das ist gut.«

Im Verlauf der nächsten Minuten stellte ich fest, daß sie nicht so recht bei der Sache war.

»Stimmt etwas nicht, Rita?«

Sie hob die Schultern. »Ich weiß nicht so recht.« Sie hob die Schultern und zeigte sich unbehaglich. »Vielleicht habe ich einen Fehler gemacht, ich hätte es dir sagen sollen.«

»Was bitte?«

»Dora hat es mir erzählt. Diese . . . diese vier Frauen sollen angeblich Massenmörderinnen sein . . .«

Zack, das hatte gesessen!

Ich fuhr unwillkürlich langsamer und merkte auch, daß ich etwas von meiner gesunden Gesichtsfarbe verlor.

»Noch mal, bitte.«

Sie wiederholte den Satz.

»Und das stimmt?« fragte ich nach einer Weile.

»Dora ging davon aus.«

»Du weißt nicht, ob sie sich geirrt hat?«

»Woher denn?«

Ich atmete durch die Nase ein und räusperte mir gleichzeitig die Kehle frei. Dabei konnte ich mir kaum vorstellen, daß in einer Gegend wie dieser Massenmörderinnen lebten.

Okay, sie wirkte zwar rauh. Häuser schützten sich gegen die Stürme durch Steinwälle, und mächtige Bäume beugten ihre Stämme, als wären diese aus

Gummi, aber sie hielten den Gewalten trotzdem stand, und so ähnlich mußten auch die hier lebenden Menschen sein.

Hatten sich hier Mörderinnen zurückgezogen?

»Du bist nachdenklich, John.«

»Ist das ein Wunder?«

»Hast du Angst?«

»Nein, nur ein Gefühl der Spannung. Wenn Doras Aussage zutrifft, weshalb hat sie dann ihr Wissen für sich behalten und es nicht an die zuständigen Stellen weitergegeben? Sie hätte der Polizei eine entsprechende Mitteilung machen müssen.«

»Ohne Beweise?«

»Die hätten sich finden lassen.«

»Vielleicht, John, aber Dora gehörte nicht zu den Menschen, die andere anschwärzen.«

»Das wäre in diesem Fall nicht so gewesen. Sie hätte möglicherweise Menschenleben retten können.«

Rita Wilson schwieg und schaute aus dem Fenster. Dort sah sie, daß sich der Weg verengt hatte. Er stieg jetzt leicht an. Das würde bis zur Küste so bleiben, denn diese wiederum war als Steilküste aus Kalksandstein berühmt.

Senkrecht fiel das Gelände zum Meer hin ab. Mächtige Wogen, vom Westwind getrieben, donnerten seit Urzeiten gegen das Gestein und prallten an ihm ab.

Ich rollte in eine Reihe von Kurven hinein, die zu Serpentinen wurden. Daß ich schwieg, gefiel Rita überhaupt nicht. »Bist du jetzt auf mich sauer?«

»Das sollte ich eigentlich sein. Zum Glück hast du mich früh genug gewarnt.«

»Schon.« Sie legte ihren Kopf schief und schaute gegen den blauen Himmel, der gewaltige Wolkenbänke zeigte.

Sie sah auch das Haus. »Das ist es«, sagte sie und deutete nach links.

In der Tat. Das alte Gemäuer stand auf einer Kuppe. Es wirkte wie eine Schachtel, ziemlich schmal dabei, doch das lag an unserer Perspektive.

»Wie gefällt es dir, John?«

»Ein Kasten mit Lücken für die Fenster und einem Dach. Das ist meine Ansicht.«

»Gut gesagt. Ich denke ebenso.«

»Eigentlich hatte ich es mir größer vorgestellt.«

Sie winkte ab. »Im Innern ist bestimmt Platz genug. Darauf kannst du dich verlassen.«

»Außerdem bin ich gespannt, ob die vier Frauen noch weitere Gäste beherbergen.«

Ich schüttelte den Kopf.

»Was macht dich so sicher?«

»Mein Gefühl.«

»Ho, darauf achtest du?«

»Klar doch.«

Wir hatten beide den Eindruck, der blauen Lücke im wolkenreichen Himmel entgegenzufahren, denn plötzlich wurde der Weg sehr steil. Das änderte sich auch nicht vor dem Erreichen des Hauses, wo ein großer Platz vorhanden war, auf dem jedoch kein einziges Fahrzeug parkte und meine gästelose Theorie sich immer stärker verdichtete. Rita Wilson war still geworden, auch blasser. In der Nacht hatte ich eine andere Frau erlebt. Jetzt sahen die Perspektiven anders aus.

Vor dem Haus war das Gelände teilweise gepflastert. Die grauen Steine lugten fast schamhaft hervor. Dazwischen wucherte rauhes Gras und Moos.

Auch die Front des Gebäudes zeigte einen grünen Schimmer, deshalb fiel die braune Haustür, die schon einem kleinen Portal glich, auch auf.

»Da wären wir also«, sagte Rita, als ich den Rover langsam ausrollen ließ. »Sollen wir unser Gepäck mitnehmen?«

»Ja.«

Ich holte meinen Koffer und Ritas Rucksack aus dem Kofferraum. Die letzten Schritte gingen wir zu Fuß, die Blicke auf das Haus gerichtet, wobei ich besonders die Fenster unter Kontrolle hielt und den Eindruck nicht los wurde, daß sich links vom Eingang hinter der Scheibe eine Gardine bewegte.

»Viel Glück wünsche ich uns«, sagte Rita, als wir stehenblieben und ich unter meinem Finger einen braunen Klingelknopf vergraben hatte.

Ein kurzes Antippen hatte schon gereicht. Jemand zerrte die Tür auf. Es geschah so heftig, daß wir beide erschraken.

Vier Augenpaare in alten, faltigen Frauengesichtern starrten uns an, und eine lauernde, etwas schrill klingende Stimme sagte: »Willkommen im Cap de la maison ...«

Für mich hörte es sich anders an. So als würde sie sagen: Willkommen in der Hölle ...

Die Nacht davor!

Der größte Teil war vorüber. Der Morgen nahte bereits und damit seine vierte Stunde.

Im Yard lief der Betrieb weiter, auch in den Labors wurde gearbeitet, nur in dem Raum nicht, wo sich der schwarze Höllenschlamm ausgebreitet hatte.

Mehr als die Hälfte der Bodenfläche hatte er in seinen Besitz genommen. Ein Ende seiner Aktivitäten war noch längst nicht abzusehen, denn er schaffte es, sich in jede Lücke hineinzudrängen. Noch hatte er die Tür nicht erreicht, aber er würde sich in einer breiten Front auf sie zuschieben, wenn er sich weiter teilte.

Zwei Räume weiter saßen mehrere Techniker in einem Labor, in dem Laser- und Spektralanalysen durchgeführt wurden. Die Männer und Frauen arbeiteten im kalten Schein des Leuchtstoffröhrenlichts. Einige von ihnen wirkten übermüdet, was an ihren rot geränderten Augen zu erkennen war. Wer hier sein Geld verdiente, gehörte zu den Spezialisten und arbeitete sehr konzentriert.

Zu ihnen zählte auch Ralf Weidenfels, ein noch jüngerer Mann aus Deutschland, der sich dort seine ersten Sporen in den Labors des BND verdient hatte.

Die Regierung bezahlte seinen halbjährigen Aufenthalt beim Yard, denn innerhalb der EG sollten schon die Arbeitsplätze gewechselt werden, um neue Erfahrungen zu sammeln.

Weidenfels war ein hochbegabter Spektralphysiker, kam allerdings mit der fremden Sprache nicht so gut zurecht. Seine Begabung war sehr einseitig. Er hatte sehr büffeln müssen, um das Englische einigermaßen zu beherrschen.

Seine Untersuchungen galten mehreren Hautpartikeln, die an einer Messerschneide gefunden worden waren.

Wenn sie mit denen des Opfers übereinstimmten, würde dem Killer der Prozeß gemacht werden.

Die Arbeit war nicht so einfach, und irgendwann gegen vier Uhr morgens nahm Weidenfels seine dunkle Brille ab, wischte sich über die Augen und murmelte etwas von einer Pause.

Ein Kollege in der Nähe schaute auf. »Holst du dir dann einen Kaffee?«

»Ich mag die Brühe nicht.«

Der andere lachte. »Auch mir wäre ein Whisky lieber.«

»Das Zeug haut mich noch mehr um.« Der dunkelhaarige Ralf Weidenfels runzelte die Stirn. Er war mit seinen Gedanken schon wieder bei der Arbeit. »Eigentlich müßte ich mir noch einmal die Mordwaffe holen«, meinte er.

»Dann geh in die Indizienkammer.« So nannten die Techniker den Raum, wo bestimmte Dinge aufbewahrt wurden, die oft in Vakuumschränken standen.

»Wer hat heute den Schlüssel?« fragte Weidenfels. Das wechselte jedesmal.

»Ich!«

»Danke.« Ralf nahm ihn dem Kollegen aus der Hand. Weidenfels war froh, daß es für ihn in vier Wochen in Richtung Heimat ging. Er sehnte sich nach München und würde dort den Frühling erleben können, wo er sein Bier in den Gärten trank und mit den Mädchen schäkerte.

Er sah gut aus, war hochgewachsen und stand auf Drei-Tage-Bärte, die seine Wangen stets einen geheimnisvollen schwarzblauen Schimmer gaben. Daran dachte er jetzt nicht, auch nicht an die Münchner Bienen, die in Schwabing umherirrten, er wollte die Klinge haben.

Das mit dem Schlüssel war gut gelöst. Auch Ralf hatte schon einige Male die Verantwortung tragen dürfen. Im hellen Gang fand er den schmalen Spalt sofort, drehte den Schlüssel zweimal herum, drückte die Tür auf und trat in das Dunkel.

Was nun geschah, war eine Folge unglücklicher Zufälle. Hätte Ralf Weidenfels zuerst das Licht eingeschaltet, wäre ihm einiges erspart geblieben. Er hätte vor allen Dingen sehen können. So aber schob er im

Dunkeln die Tür hinter sich zu, ging noch einen Schritt nach vorn und drehte sich im Stehen, wobei er den rechten Arm seitlich ausstreckte und nach dem Lichtschalter tastete. Er fand ihn nicht sofort, merkte aber, daß etwas nicht stimmte.

Ralf konnte sich nicht bewegen!

Er klebte am Boden fest. Zwar ruckte sein rechter Fuß, nur kam er nicht so recht in die Höhe.

Schweiß brach ihm aus. Eine Erklärung fand der junge Wissenschaftler nicht dafür. Sein Herzschlag beschleunigte sich. Er dachte daran, daß er schon oft genug diesen Raum betreten hatte und daß dabei alles normal gewesen war.

Doch jetzt . . .?

Was hielt ihn fest? Ralf flüsterte Worte, ohne zu wissen, welche ihm über die Lippen gedrungen waren.

Er streckte seinen Arm noch weiter aus und bekam den Schalter zu fassen. Eine Bewegung mit dem Daumen, dann zuckte das Licht an der Decke und wurde hell. Ralf Weidenfels starrte auf seine Schuhe, sah, was geschehen war und vergaß das Atmen.

Der Schreck war durch seinen Körper gefahren wie eine glühende Lanze. Das Feuer tobte, löste sich mit der Kälte ab, und der Schüttelfrost erwischte ihn bis in die Zehenspitzen.

Vor ihm breitete sich ein schwarzer, widerlich nach Tod und Leichen stinkender Brei aus, der wie ein dicker Teppich fast den gesamten Zimmerboden bedeckte.

Es war der reinste Horror!

Ralf Weidenfels hob nur langsam den Kopf. Zeitlupenhafte Bewegungen, von der blanken Furcht diktiert.

Er schaute nach vorn.

Und genau dort sah er den Schrank, in dem die Masse

aufbewahrt wurde, die aus dem ursprünglichen Gefäß herausgestürzt war und sich auf dem Fußboden verteilt hatte.

Für Ralf Weidenfels war es ein Teppich des Grauens, der ihn festhielt, als wollte er ihn nie mehr loslassen.

Und dieser Teppich bewegte sich . . .

Es sah unheimlich aus, wie er Falten warf, als würde ein leichter Windstoß über ihn hinweggleiten. Zudem arbeitete eine gewisse Kraft in ihm, die dafür Sorge trug, daß kleine Blasen an die Oberfläche stiegen und dort zerplatzten.

Die dabei entstehenden zischenden Geräusche hinterließen auf dem Rücken des Mannes eine Gänsehaut. Er wollte den Mund öffnen, um nach Hilfe zu rufen, selbst das schaffte er nicht.

Dieser grauenvolle Anblick hatte ihn gelähmt.

Aber das war nicht alles.

Etwa in der Mitte des Raumes zeichnete sich auf der Oberfläche oder dicht darunter etwas ab, das ihm einfach nicht in den Kopf wollte, weil es ein Anblick war, den er nicht erwartet hätte. Ralf spürte nicht einmal Angst davor, sein wissenschaftlich geschulter Verstand wollte es nur nicht einsehen.

Wie kam ein Gesicht in den Schlamm?

Ralf stand da. In seiner Kehle spürte er das Würgen, das langsam höherstieg. Die Lippen zitterten, seine Gedanken jagten, und trotz dieser steifen Haltung versuchte er, eine gewisse Logik in das Geschehen hineinzubringen.

Das Unmögliche war möglich geworden, und der Wahnsinn hatte Methode bekommen.

Trotz seiner starren Haltung konnte er ein Zittern nicht vermeiden. Der Schweiß hatte sich jetzt soweit gesammelt, daß er in langen Bahnen über seine Wangen rann und irgendwo im Hemdkragen versickerte. Gleichzeitig bohrte sich eine Faust in seine Magengrube, als wollte sie seine Eingeweide in den Rücken drücken.

Wenn er atmete, was ihm schwerfiel, dann saugte er die Luft pfeifend in seine Lungen.

Das Gesicht zog ihn magisch an. Es gehörte einer Frau, schwebte wie ein Schatten in oder über diesem schwarzen Schlammteppich und war für ihn nicht erklärbar.

Er selbst hatte den Schlamm nicht untersucht, jedoch von Kollegen nebenbei gehört, daß er nach der Analyse die gleichen Eigenschaften besaß wie ein menschlicher Körper.

Der Schlamm mußte einmal ein Mensch gewesen sein, das war die logische Folge.

Und das Gesicht?

Es gehörte einer Frau, es schimmerte auch weiterhin, und wenn sich der Schlamm wellte, so bewegten sich auch die Lippen sowie die Wangen. Dann kam es ihm so vor, als würde es ihn einfach angrinsen und sich an seinem Schock weiden.

Ralf wußte nicht, wie lange er auf dem Fleck gestanden hatte. Waren es Minuten, waren es nur Sekunden gewesen? Er kam nicht dahinter, weil er jeglichen Zeitbegriff verloren hatte. Für ihn stand nur fest, daß er so rasch wie möglich wegmußte.

Noch blieb er stehen, der Anblick hatte ihn einfach zu stark in den Bann geschlagen.

Er zwinkerte, der Schweiß brannte in seinen Augen wie eine starke Säure, dann hob er seinen rechten Fuß . . .

Nein, er wollte es, doch der Fuß blieb stecken.

Ralf schaute nun an sich herab. Er mußte dem Phänomen einfach auf den Grund gehen – und bekam den zweiten, diesmal noch größeren Schock.

Sein rechtes Bein steckte fest. Es war bereits bis weit über den Knöchel und fast bis zum Knie im schwarzen Schlamm verschwunden und sah so aus, als wollte ihn die Masse in sich hineinziehen, um mit ihm das gleiche zu machen wie mit anderen Menschen.

Der Schlamm fraß ihn ...

Ralf Weidenfels stöhnte auf. Noch immer schrie er nicht um Hilfe, bekam aber sehr deutlich zu spüren, daß sich seine Sichtperspektive zu den Einrichtungsgegenständen des Zimmers verschoben hatte.

Sie kamen ihm alle größer vor ...

Nur hatten nicht sie sich vergrößert, nur er war geschrumpft, von dem Schlamm geholt worden, der dafür sorgte, daß immer mehr von seinen Beinen verschwand.

Die Knie waren nicht mehr zu sehen. Das gesamte Gefühl hatte seine Beine verlassen.

»Mein Gott«, ächzte er, »mein Gott ... ich werde ... ich werde ...«

Der schwarze Höllenschlamm war grausam. Er zerrte ihn weiter, er verkleinerte ihn, und Ralf hatte den Eindruck, als würde ihn das Frauengesicht nicht nur anstarren, sondern dabei auslachen, sich an seiner verzweifelten Not weiden.

Immer tiefer verschwand er innerhalb des Schlamms. Eine Chance gab man ihm nicht. Das Grauen packte eisern zu. Es war schlimm, so schlimm wie der Tod.

Ralf wurde zu einem Zwerg!

Bis zur Hüfte steckte er bereits fest. Jetzt glaubte er auch, so etwas wie Wärme zu spüren. Wehten nicht kleine Dunstwolken über die schwarze Fläche hinweg?

Er sank tiefer, immer tiefer.

Die Masse kannte kein Pardon, sie kochte, saugte, brodelte und schluckte ihr Opfer.

Weidenfels bewegte die Arme, die er in einer hilflosen Geste hochgerissen hatte. Die Augen waren fast dabei, aus den Höhlen zu quellen. Sein Mund bildete eine Öffnung innerhalb des fahlweiß gewordenen Gesichts, und er merkte plötzlich, wie sich sein Herzschlag noch stärker beschleunigte.

Es verwandelte sich in eine Pumpe, die wie rasend schlug. Die Echos hämmerten bis in sein Gehirn hinein, wo sie ihm vorkamen wie Glockenschläge.

Angst und Wahnsinn kamen bei ihm zusammen. Sie vereinigten sich zu einem Gefühl des Horrors. Je tiefer er sank oder sich magisch verkleinerte, um so stärker drang ihm der beißende Geruch in die Nase.

Noch ein heftiger Zug.

Ralf Weidenfels kippte nach vorn. Jetzt erst brüllte er heiser auf. Das half nichts mehr.

Der Höllenschlamm war stärker und schluckte ihn.

»Wo Ralf nur bleibt?« Das fragte Dr. Esther Shapiro, eine der jungen Physikerinnen. Sie war dunkelhaarig, stammte aus Haifa und war eine Frau, hinter der fast jeder Kollege her war, bis alle erfahren hatten, daß sich Esther aus Männern nichts machte.

Ihr Kollege grinste. »Der ist eingeschlafen.«

»Und von dir hat er den Schlüssel bekommen.« Sie schlenderte langsam näher.

»Was soll das denn heißen?«

Esther verzog die naturroten Lippen zu einem Lächeln in die Breite. »Ganz einfach, dann bist du für seinen Schlaf verantwortlich.«

»Das wüßte ich aber.«

»Ich schaue mal nach.« Sie strich über ihre Stirn, um eine widerspenstige Haarlocke zu entfernen. Dann verließ sie das Labor, blieb im Flur stehen und atmete tief durch.

Dr. Esther Shapiro haßte die Nachtschicht. Sie machte einen irgendwann kaputt, da geriet der normale Lebensrhythmus aus den Fugen. Andererseits mußte sie getan werden, die Arbeit wartete nicht, und die Forschungsaufgaben sowie die wissenschaftliche Verbrechensbekämpfung waren ungemein wichtig.

Die Hände hatte sie in die Seitentaschen des weißen Kittels gesteckt. Sie dachte an ihre Freundin, die jetzt im Bett lag und schlief. Wenn sie, Esther, nach Hause kam, würde Dorette zur Arbeit gehen. Sie hatte einen Job in einer Buchhandlung gefunden.

Derart in Gedanken versunken, öffnete Esther die Tür zu dem bewußten Raum.

Sie verhielt sich allerdings anders als ihr deutscher Kollege, trat nicht über die Schwelle, blieb wie vor einer Mauer stehen und starrte auf das Grauen, das sich im Licht der knallweißen Deckenleuchte abzeichnete.

Es war furchtbar!

Der Schlamm bedeckte den Boden des Zimmers fast völlig. Nur nahe der Türschwelle hatte er wie zum Hohn einen schmalen, ungefähr handbreiten Streifen freigelassen.

Dr. Esther Shapiro begriff die Welt nicht mehr. Sie wich zentimeterweise zurück, der Anblick dieser schwarzen Schlammasse löste bei ihr ein Gefühl der Angst aus, wie sie es nicht gekannt hatte. Es war das Unbegreifliche, das Unerklärliche, rational nicht zu erfassen. Da weigerte sich ihr wissenschaftlich geschulter Verstand.

Noch etwas Schlimmes kam hinzu. Innerhalb der

Masse und zueinander versetzt zeichneten sich zwei Gesichter ab.

Das einer Frau und das eines Mannes.

Letzteres kannte sie. Es gehörte ihrem Kollegen Ralf Weidenfels aus Germany. Und alles deutete darauf hin, daß der verfluchte Schleim ihn gefressen hatte.

Sie hatte kaum gemerkt, daß sie weiter zurückgegangen war. Erst als sie mit dem Rücken gegen die Gangwand stieß, kehrte sie wieder in die Realität zurück.

Es war wie ein Stoß gegen Billardkugeln, der bei ihr einiges in Bewegung setzte.

Auf dem Absatz fuhr sie herum. Nie zuvor hatte sie dermaßen gezittert, und noch nie zuvor hatten die anderen Kollegen Esther Shapiro so bleich gesehen.

»Was ist denn?«

Esther hörte die Frage und stotterte eine Antwort, die keiner ihrer Kollegen verstand. Einer von ihnen war geistesgegenwärtig genug, um die fallende Esther aufzufangen. Zwei andere rannten aus dem Labor und erlebten Sekunden später ebenfalls das Grauen.

Einer von ihnen preßte seine Stirn gegen die Wand und fing an zu schluchzen.

Der andere reagierte. Es gab im Labor eine Alarmklingel. Die drückte er so fest wie möglich nach unten. Danach tastete er nach einem Stuhl, den brauchte er jetzt . . .

Wir gingen in die Hölle, das heißt, wir überschritten die Türschwelle, und ich hörte das kaum verständliche Flüstern meiner rothaarigen Begleiterin, als hinter uns die Tür zufiel.

»Das kam mir vor wie ein Sargdeckel, der geschlossen wurde!«

Etwas mehr als komisch war mir schon zumute, als ich in der breiten Halle stehenblieb und auf die zahlreichen Plüschmöbel schaute, die sich auf dem Parkettboden verteilten. Die vier Frauen paßten haargenau in diese Umgebung aus dem letzten Jahrhundert.

Sie standen nebeneinander und bildeten dabei die Andeutung eines Halbkreises. Rita Wilson hielt sich neben mir auf, ihre Hand berührte meine Finger.

Ich setzte den Koffer ab und nickte. Dabei schaute ich mir die Frauen an.

»Mein Name ist Flora«, sagte die Person, die uns an der Tür begrüßt hatte. Sie reichte mir die Hand, die ich ergriff, und ich hatte den Eindruck, tatsächlich ein leicht angefaultes Blütenblatt zu berühren. Flora war um die Siebzig. Sie hatte braunes Haar und dies teilweise zu einem Kranz auf dem Kopf geflochten. Das dunkelblaue Kleid reichte ihr bis über die Knie. Es besaß kleine, weiße Knöpfe. Ihr Gesicht war wohl auch in der Jugend nie weiblich gewesen, dafür zeigte es einen zu harten Schnitt. Sehr knochig, mit einer scharfen Nase und einem ebenso scharfen Kinn. Selbst ihre braunen Augen blickten nicht eben freundlich.

Ich verspürte das Bedürfnis, meine Hand abzuputzen, unterließ dies allerdings und begrüßte die nächste Frau. Sie war die kleinste von ihnen, stellte sich als Clara vor und trug das weiße Haar fransig. Ihr Gesicht zeigte eine unnatürliche Bräune, die allerdings die Falten nicht vertuschen konnte. Breit war der Mund, die Zähne so hell wie Porzellan. Sie hatte den Kopf schiefgelegt und schaute zu mir hoch.

Hastig trat sie zurück, um der dritten Person den nötigen Platz zu verschaffen.

Wir erfuhren den Namen Erica. Die Frau sah am jüngsten aus. Ihr Haar schimmerte blond, war sicherlich gefärbt und machte das Gesicht noch schmaler. Sie hatte einen gierigen Blick, wie mir schien. Der Mund stand etwas vor, ihre Nasenflügel zitterten. Erica trug ein zu enges Kleid und hatte auch nicht auf einen Ausschnitt verzichtet, der die Ansätze ihrer Brüste sehen ließ. Ihre Hand war sehr schmal, die Finger lang, die Nägel zeigten einen hellroten Lack. Mit ihren Augen strahlte sie mich an, als wollte sie mich jeden Moment ins Bett zerren.

»Geh mal weiter, Erica, ich will den jungen Mann auch begrüßen!« zischelte die vierte Person, bei deren Anblick ich Mühe hatte, ein Grinsen zu unterdrücken, denn manchmal sieht es wirklich ulkig aus, wenn ältere Frauen versuchen, unbedingt jünger zu erscheinen, wie es bei Georgette der Fall war.

Der Name fehlte noch auf der Liste, also mußte sie es sein.

Georgette hatte sich herausgeputzt. Das kniekurze Kleid war mit Pailetten besetzt, die bei jeder Bewegung einen perlmuttartigen und auch leicht bläulichen Schimmer abgaben. Aus dem Ausschnitt ragte ein faltiger Hals, darüber wuchs der Kopf mit den rot gefärbten und perfekt frisierten Haaren, die auch durchaus eine Perücke sein konnten. Jedenfalls war es auf den ersten Blick nicht festzustellen.

Hinter den Gläsern der modischen und zum Haar passenden Brille sahen die Augen viel größer aus. Den Mund hatte sie geschminkt. An den Rändern war das Lippenrot etwas verlaufen, so daß es dort wirkte, als hätte sie Blut getrunken. Ihre Haut war mit Schminke übertüncht worden, die in verschiedenen Schattierungen von Rot bis ins Bräunliche hinein schimmerten.

Das war schon ein Quartett, wie man es nur selten zu Gesicht bekam. Ich zog meine Finger aus Georgettes

Hand und schaffte es sogar, ein Lächeln aufzusetzen.

»Man hat uns gesagt, daß Sie Zimmer vermieten. Deshalb sind wir zu Ihnen gekommen.«

»Aber sicher doch!« flötete Georgette honigsüß. »Wir vermieten gern an Sie beide.«

»Laß mich das machen.« Flora drängte die Frau zur Seite. »Sie wollen also hier wohnen?«

Ich wollte, daß Rita auch etwas sagte und schaute sie an. Sie nahm den Ball auf.

»Ja, das hatten wir vor.«

»Zimmer sind genügend vorhanden. Muß ich Ihnen ein Doppelzimmer anbieten? Sind Sie verheiratet?«

»Nein«, sagte ich schnell, »nur befreundet.«

»Dann verlangt es die Moral, daß Sie getrennt schlafen«, flötete Flora zuckersüß. »Wir sind nämlich noch etwas altmodisch, wenn Sie verstehen.«

Im Hintergrund kicherte Erica. »Nicht immer . . .«

Als Flora ihr einen strafenden Blick zuwarf, preßte sie rasch ihren Handballen gegen den Mund.

»Was meinst du, Rita?«

Es war ihr nicht recht, das sah ich ihr an. Um des lieben Friedens willen stimmte sie zu.

»Gut!« Mehr sagte Flora nicht. Es klang mir trotzdem bei ihr wie eine Erlösung. »Dann darf ich Sie jetzt bitten, mir Ihre Namen zu sagen. Es muß ja alles seine Ordnung haben.«

»Gern.« Mit meinem Namen konnten sie nicht viel anfangen. Ich hoffte nur, daß sie nicht über Ritas stolperten.

Das geschah nicht. Jede der vier Frauen nahm ihn mit regungslosem Gesicht zur Kenntnis.

Flora sprach weiter. »Ihre Zimmer liegen oben. Wenn Sie mir bitte folgen würden!« Sie drehte sich halb und deutete auf eine dunkle Holztreppe mit breiten Stufen, die in der Mitte von einem tiefroten Läufer mit Motiven belegt war.

»Ja, danke«, sagte ich.

»Warten Sie, Monsieur Sinclair, ich gehe vor.«

Flora ging vor, die anderen blieben auch bei uns. Nur stiegen sie hinter uns die Treppe hoch, die in einem breiten Gang mündete, der an einer Seite Fenster besaß, zur anderen durch die Türnischen aufgelockert wurde.

»Wenn Sie ein Bad nehmen oder duschen wollen, finden Sie den Raum hinten links.«

»Danke.«

Flora lächelte nur, während Georgette hinter mir wisperte: »Sie bekommen zwei verschiedene Zimmer, aber es gibt eine Verbindungstür. Wenn Sie artig sind, kann ich Ihnen sogar den Schlüssel besorgen, Monsieur John.«

»Mal sehen.«

Rita schwieg. Sie sah aus, als hätte sie sich am liebsten weit fortgewünscht, wahrscheinlich bereute sie es bereits, mich begleitet zu haben.

Man zeigte ihr zuerst das Zimmer. Clara und Flora übernahmen es. Als ich mit hineingehen wollte, zupften mich die beiden anderen Frauen von zwei Seiten am Ärmel.

»Nein, kommen Sie, Monsieur John.« Georgette strahlte mich hinter ihren Brillengläsern an.

»Bitte, ich . . .«

Sanft drückte sie mich nach links, wo Erica bereits stand und die Tür aufschloß. »Hier ist Ihr Zimmer.«

Die beiden ließen mich vorgehen. Erica machte die Tür eng. Mein Ellbogen streifte ihren etwas großen Vorbau, und ich sah, wie sie lächelte.

Das konnte ja heiter werden . . .

Die Tapeten sahen dunkel aus. Hinzu kamen die

nicht gerade hellen Möbel, was dem Raum einen weiteren Prozentsatz von Traurigkeit verlieh. Dafür war es ziemlich groß, die Decke sehr hoch, passend zu dem ebenfalls großen Fenster.

»Nun, Monsieur John?«

Ich nickte Georgette zu, bevor ich den Koffer abstellte. »Ja, ich bin überrascht. Es ist groß, man bekommt Luft . . .«

»So soll es auch sein. Wann dürfen wir Sie zu einem Kaffee erwarten?«

»Wann sollen wir kommen?«

»In einer Stunde?«

»Okay, ich bin einverstanden.«

Sie lächelten mich an. Ihre Gesichter kamen mir dabei vor wie Masken. Was sie tatsächlich dachten, das verbargen sie meiner Ansicht nach sehr geschickt.

Leise schlossen sie die Tür, und ich ließ mich auf das hohe Bett sinken, wobei ich die Augen verdrehte.

Diese vier ›Damen‹ hatten mir gerade noch zu meinem Glück gefehlt. Einzeln waren sie harmlos, zu viert aber würden sie es schaffen, uns Ärger zu bereiten.

Ich ging zum Fenster. Die Vorhänge rochen muffig und auch nach Mottenpulver. Die Gardine war so weit aufgezogen, daß ich nach draußen schauen konnte.

Viel Landschaft gab es zu sehen, die Steilküste, die graue See, lange Wellenkämme, weiße Schaumstreifen . . .

Das Land kam mir nackt vor. Einige Schneereste lagen noch auf dem winterlich gefärbten Gras. Das Haus stand sehr einsam. Wer von hier fliehen wollte, mußte weit laufen, um einen bewohnten Ort zu erreichen.

Ohne anzuklopfen, stürmte Rita in mein Zimmer. »Ich werd' nicht mehr«, stöhnte sie und warf sich auf mein Bett. »Verdammt noch mal, was ist denn hier los?«

»Bestimmt nicht der Bär.«

Sie schleuderte ihre Beine vor und stand auf. »Nein, eher das Gegenteil. Bin ich in einer Gruft gelandet, die von Zombies bewohnt wird? Sag doch was!«

»Wenn du die alten Frauen damit meinst, könnte ich dir sogar zustimmen. Es ist nicht gerade angenehm.«

Sie stand auf und legte mir ihre Hände auf die Schultern. »Angenehm hast du gesagt?«

»So ungefähr.«

»Ich finde es schrecklich, grauenhaft, fürchterlich. Wie kann man nur hier wohnen?«

»Frage unser Quartett.«

»Das werde ich auch.« Sie schüttelte sich. »Weißt du, wie die mich angeschaut haben? Als wollten sie mich im nächsten Moment in den Ofen stecken und als Hexe verbrennen. John, ich bin ihnen im Weg, das habe ich schon gemerkt. Die haben sich jetzt bereits vorgenommen, mich um die Ecke zu bringen, wie diese Detektivin Elena Parker. Dora hatte recht. Dieses Haus und seine Besucher sind furchtbar.«

Ich winkte ab. »Keine Panik, ich bin bei dir.«

»Die machen uns doch fertig.«

Ich ging zum Schrank. Er war sehr hoch, und sein Holz besaß eine braune Lackierung. »Meinst du?«

»Klar.«

Ich schloß die Tür auf. Die Messingstange glänzte. Kein Kleidungsstück hing dort, aber etwas anderes fiel mir auf, und Rita ebenfalls, die neben mir stand und schnüffelte.

»Das riecht wie Moder oder wie auf dem Friedhof in der Leichenhalle, glaube ich.«

»Stimmt.«

»Und wie kommt das?«

»Werden wir gleich haben.« Nach diesen Worten kletterte ich in den großen Schrank, was bei seinen Ausmaßen kein Problem war.

Es stank tatsächlich. Je näher ich an die Rückwand herankam, um so intensiver. Im Schrank selber lag nichts, was diesen Geruch hätte abgeben können. Weder ein totes Tier, noch die Leiche eines Menschen. Als ich den Kopf drehte, sah ich Rita, die in das Innere schaute und das Gesicht verzogen hatte. Sie stand regungslos wie eine vorgebeugte Puppe.

»Ich rieche nur, ich sehe nichts.«

Sie strich ihr Haar zurück. »Das muß aber mit diesem verdammten Schrank zusammenhängen, John. Im Zimmer selbst ist der Geruch längst nicht so stark.«

»Genau.« Einer Eingebung folgend, klopfte ich gegen das Holz der Rückwand. Dabei entstand ein ungewöhnlicher Klang, den auch Rita gehört hatte.

»Das klingt hohl«, sagte sie. Die fast gleichen Geräusche entstanden, als sie in den Schrank stieg.

Ich klopfte weiter. Der hohle Klang konzentrierte sich auf eine bestimmte Fläche. Den Maßen nach zu urteilen, bestand sie aus einem ziemlich großen Rechteck.

»Dahinter muß ein Geheimgang liegen!« flüsterte Rita, bevor sie leise lachte. »So was paßt zu Häusern wie diesem hier. In diesen alten Bauten und auch in Schlössern wimmelt es nur von Geheimgängen. Das habe ich mal gelesen.«

Ich widersprach nicht. Rita hatte recht, nur suchte ich nach dem Kontakt, der mir den Gang öffnete. An der Schrankwand fand ich nichts, deshalb suchte ich unten weiter, wo eine Leise den Raum zwischen Schrankwand und Boden verstärkte.

Einen Hebel, Haken oder Knopf – irgend etwas in dieser Art mußte doch zu finden sein.

Rita Wilson suchte mit. Sie hatte das Glück, das mir fehlte. Ich hörte sie leise lachen. »John, ich habe hier einen Widerstand gefunden. Fühlt sich an wie ein vorstehender Nippel.«

Ich leuchtete hin. Das helle Licht meiner schmalen Leuchte ließ auch ihren Finger bleich erscheinen. Sie hatte die Kuppe auf einen schmalen Hebel gelegt.

»Zieh oder drück ihn mal!«

»Okay, auf deine Verantwortung.«

Nach unten ließ er sich nicht bewegen, dafür in die entgegengesetzte Richtung.

Zuerst geschah nichts, dann hörten wir ein leises Knacken, und plötzlich kippte vor uns ein Teil der Rückwand nach hinten. Ein Loch entstand, so groß, daß wir hindurchschreiten konnten und nur den Kopf einzuziehen brauchten.

Rita Wilson pfiff leise durch die Zähne. »Das ist ein Ding!« hauchte sie. »Tatsächlich ein Geheimgang.« Sie schuf mir Platz, damit ich in den dunklen Gang hineinleuchten konnte.

Der schmale Lichtstreifen schnitt einen Tunnel in Hüfthöhe. Er endete an einer Mauer, auf die er einen hellen Kreis malte. Das ergab für mich keinen Sinn.

Der Modergeruch war intensiver geworden. Dann bewegte sich die Lampe, und beide erkannten wir zugleich die Tür in der Mauer.

»Da geht es ja noch weiter«, hauchte Rita.

»Ja, und ich will wissen, wohin. Bleib du mal hier, Mädchen. Ich werde mir das anschauen.«

Ihre Finger glitten über meinen Rücken. »Bitte, sei sehr vorsichtig, John.«

»Keine Sorge, das schaffe ich schon.«

Ich zog den Kopf ein, als ich durch den schmalen Gang schritt. Der Boden zeigte ein Schmiergeflecht aus

Staub und Spinnweben. Auch die Wände waren schmutzig und unverputzt.

Fünf Schritte hatte ich gezählt, dann stand ich vor der geheimnisvollen Tür.

Sie besaß keine Klinke. Dafür glänzte ein Knauf matt im hellen Licht der Lampe. Ich umschloß ihn mit der Rechten und drehte ihn vorsichtig nach links.

Es klappte, die Tür ließ sich bewegen. Sie schwang nicht nach außen, ich konnte sie in meine Richtung ziehen und schaute in ein Quadrat aus Wänden und Türen. Eine davon gehörte zu mir, die drei anderen befanden sich seitlich und der meinen gegenüber.

Ich kippte meine linke Hand, weil ich mich über die Helligkeit des Bodens gewundert hatte. Es war keine Täuschung gewesen, der Untergrund bestand tatsächlich aus Glas.

Bevor ich dies näher untersuchen konnte, hörte ich die zischende Stimme der zurückgebliebenen Rita. »Es hat geklopft, John, was soll ich machen?«

Verflucht – ausgerechnet jetzt wurden wir gestört. Bleiben konnte ich nicht, drehte mich um und huschte so rasch wie möglich zu Rita zurück, die mich aus großen Augen anschaute. Ich drängte sie aus dem Schrank und hörte vom Gang her eine quäkende Stimme.

»Mr. Sinclair, sind Sie da?«

»Natürlich«, erwiderte ich und schloß die normale Schranktür. »Sie können ruhig reinkommen.«

»Gern.« Es war Georgette, die meine Tür öffnete. Als sie Rita Wilson sah, zerbrach das Lächeln auf ihren Lippen. »Oh, ich wußte nicht, daß Ihre Freundin hier ist.«

Ich tat sehr harmlos und hob die Schultern. »Macht das denn etwas, Georgette?«

»Natürlich nicht.« Sie rang die Hände. »Ich komme mir nur wie ein Störenfried vor.«

»Das brauchen Sie ganz und gar nicht. Sie hatten sicherlich einen Grund für Ihren Besuch?«

»Stimmt, Mr. Sinclair. Ich wollte Sie beide nach unten zum Tee bitten. Die anderen warten bereits. Den Tee hat Clara zubereitet. Sie sollten ihn probieren.«

»Eigentlich trinke ich lieber Kaffee.«

Georgette lachte unecht. »Sie als Engländer?«

»Nicht alle Engländer sind gleich.« Ich schaute Rita an. »Wie sieht es aus?«

Sie hob die Schultern. »Ja, meinetwegen können wir eine Tasse Tee trinken.«

»Oh!« jubelte Georgette, »das freut uns aber. Darf ich Sie dann in einigen Minuten in der Halle erwarten?«

»Gern.«

Sie nickte noch einmal und verschwand. Als sie die Tür geschlossen hatte, schaute mich Rita an. »Was meinst du, John? Ob sie etwas bemerkt hat?«

»Kann sein.«

»Sie hat nicht auf den Schrank geschaut. Ich kam mir vor, als würden mich ihre Blicke sezieren.«

»Ja, sie mag dich nicht.«

»Und die anderen ebenfalls nicht. Was habe ich denen nur getan?«

Ich lachte Rita an. »Gar nichts. Deine Anwesenheit reicht aus. Diese vier Frauen hätten mich, den Mann, gern für sich allein. Aus welchen Gründen auch immer.«

»In dem Alter?«

»Das bekanntlich nicht vor Torheit schützt.«

»Und auch nicht vor Mord.«

»Richtig, Rita.« Ich deutete auf die Tür. »Laß uns gehen, die Ladies sollen nicht zu lange warten.«

»Ladies nennst du die Schachteln?« fragte Rita über die Schulter zurück.

»Wie sonst?«

»Killerweiber, John. Ich denke nur an den verdammten Geruch, der sagt mir genug.«

Daran dachte ich auch, und ich wollte den Ladies die entsprechenden Fragen stellen. Das Haus kam mir mittlerweile vor wie eine gigantische Todesfalle . . .

Suko hatte schlecht geschlafen. Es lag nicht am Wetter, wie bei so vielen Menschen, nein, er ärgerte sich mehr über sich selbst, weil er bei seinem Fall nicht weitergekommen war. Dieser Ritualmord bereitete ihm mehr Mühe, als er sich eingestehen wollte.

Es gab einfach keine Spuren.

Bisher hatte Suko in mühevoller Kleinarbeit und mit Unterstützung der anderen Kollegen den Spitznamen des Toten herausgefunden. Der Tote war in der Szene als ›The Holy‹, der Heilige bekannt, weil er durch die Diskos wanderte und in den Musikpausen irgendwelchen Quatsch erzählte. Er hatte sogar vor, ein Haus für landende Engel zu bauen, und sammelte für dieses Projekt Geld.

Niemand kannte ihn näher. Wen sie auch befragt hatten, der Heilige wurde als harmloser, weltfremder Spinner angesehen. Mehr war nicht herauszubekommen gewesen.

Das ärgerte Suko so sehr, daß es ihm schwergefallen war, überhaupt Schlaf zu finden. Vor Mitternacht jedenfalls war er nicht eingeschlafen. Auch nach der Tageswende dauerte es eine Weile, bis ihm die Augen zufielen.

Ein fester Schlummer wurde es nicht. Zudem träumte er von Heiligen mit Teufelsgesichtern, die einen Kreis um ihn gebildet hatten und ihn umtanzten.

Es schrilles Geräusch unterbrach diesen ungewöhnlichen Traum und schreckte Suko hoch.

Er saß im Bett, kam sich unsicher vor, schaute sich in der Finsternis um und sah nur Schatten und Umrisse. Aber das Telefonläuten ließ sich nicht abstellen. In seiner Nähe schrillte es auf.

Als Suko den Hörer abhob, konnte er gleichzeitig einen Blick auf seine Uhr werfen.

Vier Uhr am Morgen! Eine verdammt ungewöhnliche Zeit für einen Telefonanruf.

Auch für Sir James, der sich meldete, als Suko abgehoben hatte. »Gut, daß Sie da sind. Sie müssen sofort kommen. Und bringen Sie Ihre Waffen mit!«

»Was ist geschehen, Sir?«

»Die Hölle ist los. Kräfte sind dabei, den Yard zu unterwandern. Dieser Schlamm ist der Ausgangspunkt. Ich werde auch dort sein, wir fahren gemeinsam in das Labor. Beeilen Sie sich.«

Bevor Suko eine weitere Frage stellen konnte, hatte sein Chef schon aufgelegt.

Der Inspektor wunderte sich, obwohl er sich das in seinem Job hätte abgewöhnen müssen. Er schwang sich aus dem Bett und war in Windeseile angezogen.

Auf eine morgendliche Dusche verzichtete er, verließ im Sturmschritt die Wohnung, fuhr in die Tiefgarage, wo sein BMW stand, und verließ den Komplex mit quietschenden Reifen.

Eigentlich war es der Fall seines Freundes John Sinclair. Der wiederum ging einer anderen Spur nach, und Suko war doch froh, in London geblieben zu sein.

Wenn Sir James von diesem Schlamm sprach, konnte er eigentlich nur die Probe gemeint haben, die zur Analyse freigegeben worden war. Er mußte sich verändert haben.

Suko freute sich darüber, mal durch ein nicht verstopftes London fahren zu können. Die Straßen waren nasse, glänzende Flächen. Schnee fiel nicht mehr vom Himmel, wenn, dann taute er schnell weg, weil der Boden zu warm war.

In Rekordzeit hatte er sein Ziel erreicht und stellte den Wagen kurzerhand auf den Gehsteig. Das war ein Notfall, da mußte man über manches hinwegsehen.

Der Superintendent wartete in der Halle. Zusammen mit einigen Männern in weißen Kitteln, die Suko nur flüchtig kannte, weil sie zur wissenschaftlichen Abteilung des Yard gehörten.

Sir James sah ernst aus. »Was geschehen ist, müssen wir hinnehmen. Eine Erklärung zu finden ist schwer.«

»Wo, Sir?«

»Wir müssen nach unten.«

Sie gingen nebeneinander zum Lift. »Ich habe das betroffene Gebiet räumen lassen.«

»Hängt es mit der Schlammprobe zusammen, Sir?«

»Ja, sie ist die Ursache.«

Beide Männer standen im Lift. Suko schaute seinen Chef an, dessen Gesicht keine frische Farbe zeigte. Sir James wirkte grau und gebeugt unter der Last seiner Sorgen.

Sir James hatte einen Teil der ›Unterwelt‹ absperren lassen. An den Einmündungen der Gänge standen Uniformierte, die nur bestimmte Personen durchließen.

»Hat es sich ausgeweitet?« fragte Sir James.

»Wir wissen es nicht, Sir.«

»Kommen Sie, Suko, schnell.« Sir James ging sogar vor. Während er sprach, drehte er den Kopf. »Ich habe keine Erklärung, kann Ihnen jedoch versichern, daß dieser verdammte Schleim ein Killer ist.«

»Haben Sie ihn gesehen?«

»Nein, ich verließ mich auf die Zeugen. Es hat einen Toten unter den Wissenschaftlern gegeben.«

»Was?«

»Der Schlamm schluckte ihn innerhalb von Minuten. Ein Fünf-Minuten-Grauen.«

Sie hatten beide den Komplex erreicht, wo die physikalisch-chemische Abteilung ihren Platz gefunden hatte. Bis auf die Wärter wirkte sie wie leergefegt.

Die uniformierten Kollegen atmeten hörbar auf, als sie Suko sahen. Sein Ruf war beim Yard bekannt.

Sir James hielt ihn noch zurück. »Es ist von hier aus gesehen die dritte Tür auf der rechten Seite.«

Der Inspektor nickte. Er schaute in die Richtung und war froh, daß der Gang durch das Licht erhellt wurde. So konnte er auch den halbrunden Schatten erkennen, der unter der Türritze hervorkroch und sich immer weiter in den Gang schob.

Eine schwarze, schleimige, schlammige Masse, die zudem einen wiederlichen Geruch abstrahlte, der Suko an Friedhof, Gruft und Moder erinnerte.

Der Gestank schwängerte den Gang und brachte Suko dazu, seinen Mund zu verziehen.

»Er ist nicht natürlich!« flüsterte Sir James. »Nehmen Sie die Dämonenpeitsche?«

»Sicher, Sir, aber bleiben Sie zurück!«

»Vorerst.«

Suko ging allein. Er zog die Peitsche hervor, zeichnete in der Luft den Kreis, und die drei Riemen rutschten aus der Öffnung. Sie bestanden aus der Haut des mächtigen Dämon Nyrana und besaßen eine zerstörerische Kraft.

Da Suko die Peitsche etwas tief hielt, streiften sie wegen ihrer Länge den Boden. Der Geruch widerte ihn an. Neben der halbrunden Schlammpfütze blieb er stehen und entdeckte auch den feinen Rauch, der über der Masse schwebte.

Er wollte die Tür öffnen, um sich ein Bild über das gesamte Geschehen machen zu können.

Dann sah er etwas Furchtbares.

Der Schlamm bekam Nachschub, drückte sich weiter durch den Spalt zwischen Tür und Boden und brachte das mit, was Suko einen regelrechten Schock versetzte.

Es war ein Gesicht!

Der Inspektor erschauderte. Wenn ihn nicht alles täuschte, kannte er das Gesicht. Diesen Mann hatte er schon gesehen, mehr als einmal, aber kaum mit ihm gesprochen.

Es war ein Kollege, der in den Labors arbeitete. Suko erinnerte sich daran, was ihm Sir James berichtet hatte.

Jetzt sah er den Toten!

Er traute sich nicht, in das Gesicht hineinzuschlagen, das immer weiter vorgeschoben wurde.

»Was ist denn, Suko?«

»Moment, Sir.« Suko hatte sich entschlossen, die Tür zu öffnen, auch wenn unter Umständen der Schlamm einen gehörigen Nachschub bekam. Mit einem heftigen Ruck riß er die Tür auf – und erfaßte mit einem Blick das gesamte Ausmaß des Grauens.

Er war schlimm!

Dort, wo das Gefäß mit dem Schlamm aufbewahrt worden war, hingen nur mehr Splitterreste einer Glastür in dem Rahmen.

Ansonsten hatte sich der Schlamm über den gesamten Boden verteilt, und Suko entdeckte auch ein zweites Gesicht.

Das gehörte zu einer Frau!

Die Umrisse schwammen dicht unter der Oberfläche, die manchmal Wellen warf und die Züge dadurch verzerrte. Der Geruch ekelte ihn an. Es gab keine Stelle, die er nicht ausfüllte.

Heiß und kalt rann es seinen Rücken hinab. Hinter seiner Stirn pochte und hämmerte es. Die Kehle war trocken. Okay, er hatte schon schlimmere Dinge erlebt, aber das hier gehörte zu den unerklärlichsten.

»Tun Sie was!« Sir James drängte.

Suko nickte nur. Er mußte achtgeben, daß ihn der Schlamm nicht erwischte, denn eine innere Stimme warnte ihn davor, direkt hineinzutreten. Aber schlagen konnte er. Die drei Riemen der Peitsche fächerten auseinander, als Suko kräftig zuhieb.

Sie klatschten den den Schlamm, der durch den plötzlichen Druck an verschiedenen Stellen tropfenartig in die Höhe spritzte.

Suko hatte damit gerechnet, daß er durch die magische Kraft der Dämonenpeitsche eintrocknen und kristallisieren würde, das wäre völlig normal gewesen.

Er irrte sich, denn der Höllenschlamm reagierte anders.

Zuerst vernahm Suko das Zischen, das er als ziemlich normal empfand. Nur trat die Verkrustung nicht auf.

Suko hörte sich selbst schreien, als vor ihm die Flamme in die Höhe schoß.

Sie war aus der teerartigen Masse gestoßen und fächerte ihm fauchend entgegen.

Nur seiner schnellen Reaktion hatte es der Inspektor zu verdanken, daß er nicht getroffen oder verbrannt wurde. Er prallte mit dem Rücken gegen die Wand, drehte sich nach rechts und sah, daß die Flamme zusammengesunken, aber nicht verloschen war, denn wie ein Flächenbrand hatte sie sich ausgebreitet und tanzte über die gesamte Schlammfläche der Zimmers hinweg, ohne zu verlöschen.

Auch Sir James war aufmerksam geworden. Er kam langsam und geduckt näher.

»Bleiben Sie lieber weg, Sir!«

»Unsinn.« Der Superintendent blieb neben Suko stehen. Schräg schaute er durch die offene Tür in den Raum.

Suko beobachtete seinen Chef von der Seite her. Er wollte die Reaktion sehen.

Sir James verlor noch mehr Gesichtsfarbe. Sein Kommentar erstickte im Ansatz.

»Ich habe es nicht geschafft, Sir«, erklärte Suko mit brüchig klingender Stimme.

»Wieso?«

»Ich weiß es nicht.«

»Es brennt, Suko, abr es gibt keine Hitze ab. Die Tatsachen liegen auf der Hand.«

»Richtig, Sir. Mann kann hier von einem Höllenfeuer sprechen. Die Kraft meiner Peitsche hat die Flamme entfacht. Ich weiß nicht, wie es weitergehen soll, wie wir es schaffen, das Feuer zu löschen. Es . . . es tut mir leid, Sir.«

»Durch eine geweihte Silberkugel?«

»Ich kann es versuchen.«

»Bitte!«

Suko zog die Beretta und zielte schräg in die schwarze Schlammasse hinein. Es spielte keine Rolle, wohin er die Kugel setzte, Hauptsache, sie bewirkte etwas.

Als der Schuß aufpeitschte, zuckten die Wachtposten zusammen. Darum kümmerte sich Suko und Sir James nicht, sie schauten gegen die Einschußstelle in der Raummitte, wo der Schlamm hochgespritzt war und die Kugel eine Schramme hinterlassen hatte.

Wurde er zerstört?

Sekunden vergingen. Es geschah etwas, denn der Schlamm fing an zu kochen und zu zischeln, wobei er Blasen warf. Aber er verging nicht.

Und auch das Feuer blieb noch. Fahnengleich und hauchdünn schwebten die kleinen Flämmchen über die schwarze Masse hinweg, ohne daß sie verlöschten.

Für einen Moment schloß Sir James die Augen. Sein Kommentar danach sagte eigentlich alles. »Diesmal werden wir uns daran die Zähne ausbeißen, schätze ich.«

Suko enthielt sich einer Antwort. Es zuckte ihm in der Hand, noch einmal zuzuschlagen. Das hätte nichts gebracht, außer einem erneuten Flammenteppich.

»Und jetzt?« flüsterte Sir James.

»Ich weiß es nicht. Zum Glück gehen die Flammen von allein aus. Es ist auch kein normales Feuer, das muß der Teufel angefacht haben.« Er wischte über seine Stirn. »Jedenfalls sehe ich eine ganz andere Gefahr auf uns zukommen.«

»Ich weiß, was Sie meinen, Suko. Der Schlamm wird sich ausbreiten, und wir können uns leicht ausrechnen, wann er die gesamte Fläche des Yard erfaßt haben wird.«

»So sieht es aus.«

Sir James trat zur Seite. Den Kopf hielt er dabei gesenkt. Er dachte nach. Zu seinen Eigenschaftten gehörte es, schnell eine Lösung zu finden, doch hier war er einfach überfordert.

Sosehr er auch sein Gehirn anstrengte, ihm fiel keine Möglichkeit ein, die Ausbreitung des Höllenschlamms zu stoppen.

»Wir dürfen mit ihm nicht in Berührung kommen«, sagte er zu Suko gewandt. »Schauen Sie sich die beiden Gesichter an. Das ist . . . das ist, als hätte der Schlamm die beiden Menschen in sich hineingesaugt. Oder sehe ich das falsch?«

»Nein, genau richtig.«

»Ich denke bereits über eine Evakuierung des Yard nach. Jedenfalls muß ich mir dafür Rückendeckung an höherer Stelle holen. Bleiben Sie bitte hier unten.«

»Natürlich, Sir.«

Kaum war der Superintendent verschwunden, als Suko die Tür wieder zuschob. Wenn er sich jetzt die aus dem Zimmer nach außen gedrungene Lache anschaute, so hatte sie an Größe gewonnen und war auf das Doppelte angewachsen.

Rückwärts ging er durch den Gang und näherte sich den beiden Aufpassern.

»Wir haben nicht alles gesehen, Inspektor, aber das Feuer schon. Wieso ist es . . .?«

»Fragen Sie mich was Leichteres.«

»Wird die Masse sich ausbreiten?«

»Bestimmt.«

»Und dann?«

Obwohl Suko die Antwort wußte, hielt er sich zurück. »Noch ist es nicht soweit. Wir werden jedenfalls nach Möglichkeiten suchen, um den Schlamm zu stoppen.«

»So etwas habe ich noch nie erlebt«, sagte der zweite Mann. »Kann es sein, daß ich in der Masse ein Gesicht schimmern gesehen habe?«

»Schon möglich.«

»Wer?«

Suko winkte ab. »Halten Sie hier die Stellung. Alles andere überlassen Sie bitte uns.«

»Wenn Sie etwas tun können!« Die Bemerkung klang bitter.

»Wir werden uns etwas einfallen lassen.«

Suko behielt die nach außen gedrungene Lache im Auge. Er wollte sehen, wie schnell sie sich ausbreitete. Hinter sich hörte er die beiden Kollegen scharf atmen. Sie standen unter Druck, der auch nicht nachlassen würde.

Der Schlamm bekam Nachschub, obwohl es von der Menge her eigentlich nicht möglich war, denn sie zeigte sich begrenzt. Auch diese Tatsache empfand Suko als Phänomen. Hier dehnte sich etwas aus, das sich nicht ausdehnen durfte, wenn man die normalen Gesetze der Physik anlegte. Wenn das so weiterging, würde er es sicherlich schaffen, in einigen Stunden die Herrschaft über das Yard Building zu gewinnen. Zudem rechnete Suko damit, daß die Erdhaftung oder die Anziehung für ihn keine Gültigkeit besaß. Der konnte auch entgegen dieser Kraft Stufen einer Treppe hochsteigen.

Als er Schritte hörte, drehte er sich um. Sir James kam zurück und schob den Inspektor außer Hörweite der beiden Aufpasser. »Hören Sie zu, Suko. Ich habe mit dem Vertreter des Innenministers telefoniert und ihm von unseren Problemen berichtet.«

»Wie hat er reagiert?«

»Überhaupt nicht. Er konnte es sich nicht vorstellen. So etwas Ähnliches habe ich mir gedacht.«

»Ein verdammter Ignorant.«

Sir James sah es gelassener. »Ich kann ihm nicht einmal einen Vorwurf machen. Wenn ich als unbelasteter Mensch mit diesen Dingen konfrontiert würde, ich hätte ähnlich reagiert. Jedenfalls habe ich den Schwarzen Peter.«

»Sie können also evakuieren lassen, Sir?«

Der Superintendent nickte. »So sehe ich es in der Tat. Zuvor möchte ich abwarten, wie sich alles entwickelt.«

»Dafür bin ich auch, Sir.«

»Haben Sie erkennen können, mit welch einer Geschwindigkeit der Schlamm durch den Spalt dringt?«

»Nein, leider nicht, Sir. Das heißt, ich kann es nicht in mathematische Formeln fassen. Er kommt langsam, aber stetig.« Suko unterstrich mit den entsprechenden Handbewegungen seine nächsten Worte. »Er wird höchstwahrscheinlich beide Richtungen einnehmen, nach links und auch nach rechts quellen.«

»Treppen, Aufgänge, Aufzüge«, zählte Sir James ab. »Wir können uns auf einiges gefaßt machen.«

»Sicher.«

»Wie stehen die Chancen für uns?« Er gab sich selbst die Antwort. »Mies, sehr mies sogar. Ihre Waffen greifen nicht, Suko. Da hat die Hölle einen verflucht guten Coup gelandet.«

»Vielleicht sollten wir John zurückholen.«

»Ja, richtig. Daran habe ich auch gedacht. Nur ist mir nicht bekannt, wo wir ihn finden können. Er treibt sich irgendwo in Frankreich herum. Kein Anruf, keine Nachricht. Allmählich habe ich das Gefühl, daß es der anderen Seite gelungen ist, ihn von uns wegzulocken, denn das Grauen geschieht hier und nicht in Frankreich.«

»Vielleicht an beiden Stellen.«

»Kann auch sein, aber wir sind hilflos. Jedenfalls darf kein Mensch mit dem Zeug in Berührung gelangen, und ihn will auch die Presse aus dem Spiel lassen.«

»Genau richtig, Sir.«

»Ich habe dem Vertreter des Innenministers erklärt, daß er mich im Büro erreichen kann. Halten Sie hier unten solange die Stellung, Suko.«

»Mach' ich, Sir.«

Der Superintendent schob seine Brille höher und

ging schweigend davon. Suko schaute ihm nicht nach. Er hörte nur die leise Unterhaltung der beiden Wachtposten.

»Wenn es in der Hölle so modrig stinkt wie hier, habe ich das Gefühl, sie schon betreten zu haben«, meinte einer von ihnen.

»Fehlt nur noch der Teufel«, meint der zweite.

Suko gab darauf keine Antwort. Er konnte sich allerdings vorstellen, daß der Höllenherrscher erschien, um seinen Triumph auszukosten.

Dann sah es noch schlimmer aus . . .

Nebeneinander gingen Rita und ich die breite Treppe hinab und lauschten den gedämpften Echos unserer Schritte. Ich spürte ihre Hand an der meinen und sogar die leichte Gänsehaut.

»John, ich fühle mich verflixt mies.«

»Lächeln, Mädchen, lächeln, die sollen nichts merken.«

Rita lachte sehr leise. »Glaubst du daran? Vielleicht wissen sie längst Bescheid.«

»Das kann auch sein.«

Ich konnte Rita verstehen, denn auch ich lief nicht gerade mit guten Gefühlen der Halle entgegen. Aber es gab Dinge, die mußten wir annehmen, gegen die kamen wir nicht an. Zudem wußte ich einfach zuwenig über die vier Frauen und wollte sie nach Möglichkeit aus der Reserve locken.

Sie saßen in der Halle!

Ein Bild, das ich nie vergessen würde. Wie Mumien oder Zombies wirkten sie in ihren Sesseln, die malerisch verteilt standen, so daß jede einen Teil der Halle überblicken konnte.

Sie schauten uns entgegen. Ihre geschminkten Gesichter erinnerten mich trotz der Farbe an die von lebenden Leichen. Da waren die Lippen zu einem erwartungsvollen Lächeln verzogen, da stand sogar in ihren Augen eine gewisse Gier zu lesen.

Ich mochte sie nicht, und diese Tatsache kam mir immer deutlicher zu Bewußtsein.

Sie bewegten ihre Arme. Es hätte nur noch der Beifall gefehlt, aber das ließen sie.

Der Tee dampfte bereits in der Kanne, die auf einer Porzellanschale stand, in der sich Kerzen befanden, deren Flammen den Tee warmhielten. Auf einem Tisch entdeckte ich eine Silberkanne. In ihr befand sich bestimmt Kaffee.

»Also, Rita, reiß dich zusammen. Denke einfach, daß hier unten eine Bühne ist und du den großen Auftritt hast.«

»Hoffentlich vergesse ich meinen Text nicht.«

»Ahhhh – wie schön, daß Sie kommen«, schallte uns Floras Stimme entgegen, wobei ihre drei Freundinnen lächelten wie alte Mumien. »Ich finde eine nachmittägliche Tee- und Kaffeestunde einfach herrlich. Eine wunderschöne Tradition, die wir uns immer bewahren sollten.«

»Da haben Sie recht.«

Wir waren am Fuß der Treppe stehengeblieben. Ich erkundigte mich, wo wir uns hinsetzen durften.

»Nehmen Sie doch bitte auf dem Sofa Platz«, schlug Flora vor.

Keine schlechte Lage für sie, denn das Sofa stand sehr günstig. Die vier Frauen hatten uns im Blickfeld, wenn wir dort hockten und Konversation machen sollten, wonach mir überhaupt nicht der Sinn stand.

Dennoch machte ich gute Miene zum bösen Spiel,

nahm Ritas Arm und führte sie an die besagte Stelle.

Erica erhob sich. Mit beiden Hänen strich sie ihr Kleid glatt. »Möchten Sie beide Kaffee?«

»Gern.«

Sie schenkte ein, lächelte uns dabei von unten herauf an, und ich hatte das Gefühl, von einer Schlange beobachten zu werden. Die anderen drei Frauen saßen regungslos.

Das Sofa hatte zwar bequem ausgesehen, dem war aber nicht so, denn von unten her stießen Sprungfedern in die Höhe und drückten gegen unsere Hinterteile.

»Ich hoffe, er mundet Ihnen«, sagte Erica, als sie sich zurückzog.

»Haben *Sie* ihn aufgebrüht?«

»Ja.«

Erica schmolz fast zusammen. Ihr Blick, den sie mir zuwarf, versprach den siebten Himmel auf Erden. Allerdings konnte ich auf ihn gut verzichten.

Wir probierten gemeinsam. Das Zeug war heiß und verflucht stark.

Ich verzichtete nicht auf Zucker und ließ auch Milch in die Brühe hineinfließen. Als ich sie umrührte, bekam sie eine wunderschöne goldbraune Farbe. »Ja, er ist gut«, lobte ich nach dem zweiten Schluck, stieß Rita leicht an, die das Zeichen verstand, denn auch sie lobte den Kaffee.

Gebäck stand in der Nähe, das rührten wir beide vorerst nicht an. Ich lehnte mich zurück und dachte daran, daß mir die Gesichter mit den künstlichen Lächeln allmählich auf die Nerven gingen. »Er ist auch deshalb so gut, weil er mir den anderen Geschmack aus dem Hals spült.«

Mit dieser Bemerkung hatte ich die vier Frauen überfordert. Sie schauten sich an, bis Clara eine Frage stellte.

Sie drückte ihren Kopf dabei vor wie ein Geier. »Welchen anderen Geschmack?«

»Den des Moders!«

Ich hatte die Worte bewußt laut und sehr deutlich ausgesprochen. Neben mir zuckte Rita. Sie legt ihre Handflächen eng zusammen und wirkte sehr verkrampft.

Die Frauen starrten sich an.

Erica lächelte nicht mehr. Bei Clara warf die Stirn Falten, und Georgettes Augenbrauen schauten über die Ränder ihrer Brille hinweg.

Auf meine Bemerkung kam von Flora keine Reaktion. »Darf ich fragen, wie sie das meinen, Monsieur John?«

»Gern. Sie haben mir ein Zimmer angewiesen, in dem es tatsächlich nach Moder riecht.«

»Das kann ich mit nicht vorstellen.« Flora tat plötzlich pikiert.

»Es stimmt aber.«

»Haben Sie mal gelüftet?« erkundigte sich Clara. »Möglicherweise ist es nur ein Geruch, der von unseren alten Möbeln ausgeht oder vom Stoff der Gardinen und Vorhänge.«

Ich schüttelte den Kopf. »Nein, Ladies, den Geruch kenne ich. Aber auch den Moder.«

»Woher?«

»Ich habe mich oft genug auf Friedhöfen aufgehalten. Da kann man seine Erfahrungen sammeln.«

»Nein!« rief Georgette, hob beide Arme, bevor sie in die Hände klatschte. »So etwas habe ich noch nie gehört. Das kann nicht stimmen, Monsieur John. Auch wir haben des öfteren Friedhöfe besucht. Ich gebe zu, der Geruch ist dort nicht gerade angenehm, aber nach Moder riecht es auf den Friedhöfen nicht. Wohl nach verfaultem Laub oder nach altem Blumenschmuck, das gebe ich gern zu.«

Die anderen nickten.

»Ich bleibe dabei!« erklärte ich.

Flora sprach wieder. »Hat denn ihre Bekannte das gleiche gerochen?«

Da Rita direckt angesprochen war, gab sie auch die Antwort. »Und wie. John hat recht. Das riecht nicht nur nach Moder, daß ist sogar ein widerlicher Gestank.«

Die vor uns sitzenden Frauen gehörten zu den besten Schauspielern. Der Reihe nach schauten sie sich an, und Flora schütelte als erste den Kopf. Die restlichen drei taten es ihr nach, bis Flora fragte: »Möchten Sie vielleicht ein anderes Zimmer haben? Es stehen noch genügend zur Auswahl. Bitte, wir . . .«

»Auf keine Fall!«

»Aber Monsieur John!« rief sie. »Wenn es dort doch riecht.«

»Damit müssen wir eben leben.«

»Ich kann es mir nicht vorstellen, unsere Freundinnen auch nicht. Wie sollte dieser Gestank entstanden sein?«

»Durch Tote!«

»Wie?« Sie beugte sich vor und legte eine Hand gegen ihr linkes Ohr. »Was sagten Sie?«

»Durch Tote – Leichen, wenn Sie verstehen, Flora.«

»Nein!« erklärte sie entschieden.

»Dann durch Reste der Leichen, die längt vermodert und möglicherweise zu einer schwarzen Masse geworden sind.« Diesen Versuchsballon hatte ich einfach abschießen müssen, weil ich ungemein gespannt auf die Reaktion der Frauen war.

»Schlamm?« echote Flora.

»So ist es.«

Sie bewegte ihren Mund, ohne etws zu sagen. Auch ihre Freundinnen sprachen nicht. Aber die Gesichter hatten sich verändert. Besonders die Augen. Zu ihnen war Mißtrauen eingekehrt. Selbst Erica, der alternde Vamp, schaute mich anders an.

»Wie kommen Sie auf Schlamm?« fragte Clara.

»Eine Vermutung.«

»Meinen Sie, daß unser Haus verschlammt ist?«

»Zumindest ist es sehr alt«, erklärte ich.

»Ja, das stimmt«, gab Flora zu. »Aber wir haben doch keinen Schlamm hier, oder?«

Die anderen stimmten ihr zu, bis ich den Vorschlag machte, einmal den Keller sehen zu dürfen.

»Nein, John, laß das!« flüsterte Rita.

Ich ließ mich nicht beirren. »Darf ich einen Blick in den Keller hineinwerfen?«

»Wollen Sie dort den Schlamm suchen, Monsieur John?«

»Richtig, Georgette.«

»Sie werden ihn nicht finden.«

»Das glaube ich Ihnen gern. Dennoch möchte ich mich selbst davon überzeugen dürfen.«

Erica hatte einen Einwand. »Es gibt dort kein Licht. Kein elektrisches, meine ich.«

»Sie haben sicherlich genügend Kerzen im Haus. Deren Flammen würden mir ausreichen.«

Die vier Frauen merkten, daß ich nicht umzustimmen war. Ich nuckelte an meinem Kaffee und hörte Rita flüstern: »Muß ich da mit dir gehen, John?«

»Wenn du nicht möchtest.«

»Ich habe mich vor Kellern schon als Kind gefürchtet. Ich mag sie nicht. Außerdem möchte ich hier die Stellung halten. Ich weiß nicht, ob dich alle vier begleiten wollen.«

»Wir werden sehen. Wenn sie mitgehen, dann bist du auch dabei. Ansonsten gib acht.«

»Okay.«

Die vier Grazien flüsterten miteinander. Ihre Stimmen erreichten uns wie das Zischen von Klapperschlangen.

Schließlich erhoben sich Cora und Erica. »Wir haben uns entschlossen, Sie zu begleiten, Monsieur John. Geht Ihre Freundin auch mit in den Keller?«

»Nein«, sagte Rita schnell. »Ich ... mag die Keller dieser alten Häuser nicht.«

»Recht hast du, mein Kind«, erklärte Georgette. »Diese Räume sind auch widerlich, finde ich.«

»Ich werde mich auch keine Ewigkeit dort aufhalten. Können wir gehen?«

»Gern.«

Ich zwinkerte Rita Wilson zu, die steif vor dem Sofa stand und leicht nickte.

»Wir bleiben jedenfalls hier und machen es uns weiterhin gemütlich«, sprach Clara sie an.

Ritas Lächeln wirkte verzerrt. »Na ja, man kann es hier schon aushalten, finde ich.«

»Wie schön Sie das sagen.« Georgette strahlte sie an. »Hier riecht es auch nicht nach Moder.«

»Nein.«

»Na, sehen Sie.«

Was sich vielleicht ändern kann. Das dachte Rita Wilson nur. Auszusprechen wagte sie diesen Satz nicht ...

Der Keller sah so aus, wie ich ihn mir vorstellt hatte. Muffig, vermodert und unheimlich.

Ich stand am Beginn einer langen Steintreppe, die in die Tiefe führte. Neben mir hielt sich Erica, die vollbusige Person, auf. Flora war gegangen, um Kerzen zu holen. Sie wollte in kurzer Zeit zurück sein.

Erica sah die Bewegungen meiner Nase. »Nein, Monsieur John, nach Leichen riecht es doch nicht.«

»Aber gut auch nicht.«

»Es ist eben ein alter Keller.«

»Da haben Sie recht.«

Erica kam jetzt direkt zur Sache. »Ich möchte gern wissen, ob Sie junge Frauen mögen. Wie diese Rita zum Beispiel.«

Himmel, was sollte das denn schon wieder! Ich blieb gelassen und lächelte sogar. »Nun ja, sie passen zu meinem Alter, wenn ich das mal so sagen darf.«

Ericas Augen weiteten sich. »Aber die Erfahrung haben sie bestimmt nicht. Da bin ich ihnen voraus. Eine Frau mit Erfahrung kann Sie mehr beglücken, als Sie meinen.«

»Schon möglich.«

»Eine Nacht wird lang.« Erica blieb bei der plumpen Anmache und drängte sich mir entgegen.

Damit hätte ich nicht gerechnet. Ich suchte nach einer Chance, dieser Vamp-Falle zu entwischen, und Flora gab sie mir, denn sie kehrte zurück. Auf einem Teller, der auf ihrer rechten Handfläche lag, standen drei brennende Kerzen.

»Sie werden uns Licht geben!« erklärte sie. »Darf ich vorgehen?«

»Gern.«

Ich stieg die Stufen vorsichtiger hinab als die beiden Frauen, die sich hier auskannten. Je tiefer wir kamen, um so mieser wurde die Luft, aber nach alten Leichen stank es nicht.

Der Keller bestand nicht nur aus einem großen Raum, er war in mehrere Verliese unterteilt worden, wobei einige Durchgänge bogenförmig gebaut worden waren.

Wir schlichen hintereinander her. Beide Frauen taten nichts, was meinen Verdacht erregt hätte. Sie brachten mich dorthin, wo ich es wollte, und so konnte ich in jedes Verlies oder jeden Raum einen Blick werfen oder hineinleuchten.

Die meisten waren leer.

In einigen entdeckte ich Konserven, es war auch Wein vorhanden, wobei die Flaschen in Regalen lagen. Alte Säcke sah ich ebenfalls und noch Kohlenreste.

In der Halle hatte ein Kaminfeuer gebrannt. Das Holz dafür war an einer Seite gestapelt.

Neben dem Stoß blieb Flora stehen und stellte den Kerzenteller auf den Stapel. »Nun, sind Sie jetzt zufrieden, Monsieur John?« Ihr Gesicht hatte im flackernden Schein der Kerzen etwa Maskenhaftes bekommen. »Es ist ein normaler Keller und keine Aufbewahranstalt für allmählich vermodernde Leichen.«

»Das habe ich nie behauptet. Mir ist eben nur dieser Geruch aufgefallen.«

»Und jetzt?«

»Nehme ich ihn im Moment nicht wahr. Obwohl es hier nicht sehr gut riecht.«

»Das ist eben in alten Kellern so.« Flora hob die Schultern. Sie gab sich sehr sicher.

Erica stand hinter mir. Manchmal hörte ich sie atmen, aber das Kratzen oder Schaben irritierte mich doch.

Ich wollte mich umdrehen und schaffte es nicht einmal bis zur Hälfte. Dann nämlich erwischte mich der Hieb.

Etwas Hartes knallte gegen meinen Hinterkopf und rutschte den Nacken entlang. Ein Stück Kaminholz, dachte ich noch, da wurden mir bereits die Knie weich.

Ich fiel noch nicht hin, wurde auch nicht bewußtlos, klammerte mich am Holzstoß fest und hätte fast die Kerze heruntergerissen, als Floras Hand schlangengleich erschien und den Teller an sich nahm.

»Weg, Erica, gut gemacht. Schnüffler hassen wir . . .«

Das hörte ich, auch die Echos ihrer Tritte, als sie wegrannten in Richtung Treppe.

Dann übertönte ein anderes Geräusch die ersten. Der Holzstapel hatte mein Gewicht nicht mehr halten können, weil ich auch nach hinten kippte.

Ich riß einige Scheite weg. Zwei von ihnen landeten auf meinen Schienbeinen, ein dritter tickte gegen die Bauchdecke. Dann lag ich auf dem Rücken, eingepackt in die feuchte Dunkelheit des Kellers, und wurde trotzdem nicht bewußtlos. Meine Glieder fühlte sich an, als wären sie mit Gummi vollgepumpt worden.

Ich war matt, schlaff, aber nicht ausgepunktet. Leider konnte ich so schnell nicht auf die Beine kommen, um die beiden Weiber noch einzuholen.

Ich hatte damit gerechnet, alles richtig gemacht zu haben. Ein dicker Fehler, wie ich eingestehen mußte. Wenn es den beiden Frauen gelungen war, mich zu überwinden, würden sie mit Rita Wilson erst recht keine Schwierigkeiten haben.

Es war zum Heulen . . .

Ich lag auf dem Boden und drehte mich mühsam auf die rechte Seite. Im Kopf tobte der Schmerz. Ich wollte nicht darüber nachdenken, wie oft ich schon niedergeschlagen worden war. Da glich es schon einem Wunder, daß ich noch normal handeln und denken konnte.

Nur schwerfällig kam ich hoch, stolperte dabei noch über einen dicken Holzscheit, räusperte mir die Kehle frei und ging zwei taumelnde Schritte in die Dunkelheit des Kellers.

Die beiden Frauen hatten aus ihrer Sicht einen gewaltigen Fehler begangen. Sie hätten mir auch die Waffen wegnehmen sollen. So besaß ich sie noch und auch meine kleine Leuchte, deren Lichtstärke ausreichte, um mich zurechtzufinden.

Ich erinnerte mich an die Kellertür und auch an deren Schloß. Sehr stabil hatte es nicht ausgesehen, und es hatte auch schon einige Jahrzehnte auf dem Buckel.

Wahrscheinlich würden zwei, drei Kugeln reichen, es aufzuschießen.

Mal sehen, was sich da machen ließ.

Die Lampe schaltete ich ein, trat einige Holzstücke aus dem Weg und wollte nach vorn strahlen, als mir etwas auffiel.

Es war der Geruch!

Nein, schon ein Gestank, und den kannte ich verdammt gut, denn im Schrank meines Zimmers hatte es so gerochen.

Verwesung . . .

Ich bekam einen Schauer, der sich auf meinem Rükken festsetzte, und fragte mich, was da auf mich zukommen würde.

Sehr langsam hob ich den Arm und ließ den Lampenstrahl kreisen, so daß er über den Boden glitt.

Bewegte er sich?

Ja – und nicht nur von vorn, wie ich erkennen konnte, als ich mich drehte.

Von allen Seiten quoll etwas auf mich zu, um mich auf heimtückische, tödliche Art und Weise einzufangen.

Ein nach Verwesung und Moder riechender Schlamm, im dem hin und wieder einige helle Flecken wie Inseln wirkten, was sie aber nicht waren, sondern menschliche Gesichter . . .

Rita Wilson wußte selbst nicht, wie sie sich verhalten sollte. Um der unmittelbaren Nähe der beiden zurückgebliebenen Frauen zu entgehen, hatte sie wieder auf dem Sofa ihren Platz gefunden und wartete dort in einer steifen Sitzhaltung.

Georgette und Clara standen nebeneinander. Sie schauten Rita Wilson starr an.

Claras Lächeln wirkte so unecht wie eine in Hongkong hergestellte Cartier-Uhr. »Warum entspannen Sie sich nicht, Kindchen? Ihr Freund wird gleich zurückkehren.«

»Ist der Keller groß?« fragte Rita, nur um etwas zu sagen.

»Es geht.«

»Was befindet sich denn da unten?«

»Keine Leichen«, erwiderte Georgette. Ihre Stimme hörte sich an, als hätte sie die Worte singen wollen. »Wissen Sie eigentlich, was ich früher einmal gewesen bin?« fragte sie.

»Nein.«

»Raten Sie mal.«

Rita konnte sich vorstellen, daß Gerogette keinem normalen Beruf nachgegangen war, so wie diese Frau sich gab. Deshalb tippte sie auf Schauspielerin.

»Fast!« rief die Rothaarige und klatschte in beide Hände. »Woher haben Sie das gewußt.«

Rita schmeichelte ihr. »So etwas sieht man doch sofort.«

Georgette geriet in Form. Heftig nickte sie Clara zu. »Da hörst du es, sogar eine Fremde kann erkennen, welch ein Star ich einmal gewesen bin.« Sie ging zur Seite und stellte sich in Positur, bevor sie Rita ansprach. »Sie hatten fast recht, Kindchen. Ich bin eigentlich keine Schauspielerin, sondern Chansonette gewesen.

Ohhh, ich trat in vielen berühmten Häusern auf, auch in Paris. Das Publikum lag mir zu Füßen. Ich war ein Typ, wie Zarah Leander es gewesen ist, ein Vamp, der die Männer ihre eigenen Frauen vergessen ließ.«

»Übertreibe nicht«, sagte Clara.

»Wieso? Es stimmt, da brauche ich nicht zu übertreiben. Du bist schon immer neidisch gewesen, daß du aus anderen Verhältnissen stammst als ich.«

»Ach ja?«

Georgette lachte und sprach Rita dabei an. »Sie stammt aus einer Beamtenfamilie und hat als Tippse gearbeitet.«

»Ich war Sekretärin.«

»Na und?«

Rita Wilson war es lieb, daß sich die beiden Frauen stritten. Da konnten sie sich wenigstens nicht mit ihr beschäftigen, und die Streiterei ging weiter.

»Als Sekretärin habe ich noch mit Fünfzig arbeiten können, da warst du längst weg vom Fenster. Da haben dich nicht einmal mehr drittklassige Etablissements engagiert. Es gab keine Georgette mehr. Die war versunken, vergessen.«

»Was weißt du denn?«

»Alles.«

Georgette ließ nicht locker. »Ich habe Schluß gemacht. Ich bin auf dem Höhepunkt meiner Karriere abgetreten. Niemand hat mich zu zwingen brauchen, und ich nahm keine Engagements mehr an.«

»Kann ich mir denken. Die kamen fast nur aus schmierigen Lasterhöhlen. Nein, da habe ich es besser gehabt.«

Die ehemalige Chansonette stampfte wütend mit dem rechten Fuß auf. »Was sagen Sie dazu, Kindchen?«

Rita suchte nach einer diplomatischen Antwort und

hob die Schultern. »Ich kann mich da nicht hineinmischen, denn ich habe Sie erst heute kennengelernt.«

Georgette stellte sich wieder in Positur, nahm den linken Arm hoch, winkelte ihn an und schob ihre Hand in die rote Haarperücke hinein. »Aber man sieht mir an, daß ich etwas Besonderes gewesen bin.«

»Sicher.«

»Besonders mit deiner Perücke!« giftete Clara.

»Ach – sei ruhig!«

»Das stimmt doch – oder?«

»Nein, nicht ganz. Ich habe ein Haarteil auf dem Kopf, liebste Clara. Das ist mir wohl gestattet.«

»Wirklich?« Bevor Georgette entwischen konnte, hatte Clara schon zugepackt und ihr die Perücke vom Kopf gerissen. Was darunter zum Vorschein kam, waren graue Haarbüschel, die sich auf der Kopfhaut wie wild wucherndes Gras verteilten.

Die Chansonette stand unbeweglich vor Schreck. Sie sah lächerlich aus, und Rita hatte Mühe, ein Lachen zu unterdrücken.

Clara wirkte wie eine Hexe, die einen Sieg errungen hatte. Hoch hielt sie die Perücke. »Das ist von unserer berühmten Chansonette übriggeblieben!« rief sie. »Schau dir Georgette sehr genau an, mein Schätzchen, dann wirst du merken, wie Diven altern.« Sie schleuderte das künstliche Haarteil weg.

Rita fing es in einer Reflexbewegung auf und reichte es Georgette zurück.

»Danke, Kindchen.« Sie setzte das Haarteil wieder auf. Es war kein Spiegel in der Nähe, so daß die Perücke nicht korrekt saß, was wiederum lächerlich wirkte.

»Und wir, Clara sprechen uns noch. Gib nur acht, daß ich dir nicht die Augen auskratze.«

»Wer will hier wem die Augen auskratzen?« Eine

schneidende Stimme meldete sich. Sie gehörte Flora. Zusammen mit Erica kehrte sie wieder in die Halle zurück.

»Ich habe es Clara versprochen!«

»Warum denn, Georgette?«

»Weil sie mir die Perücke vom Kopf gerissen hat, deshalb! Könnt ihr das nicht verstehen?«

»Nein. Wir müssen zusammenhalten. Gerade jetzt.«

Die Frauen nickten, schauten sich an, grinsten dabei und waren wieder ein Herz und eine Seele.

Rita Wilson hatte nicht auf ihre Unterhaltung geachtet. Sie war mit ihren eigenen Problemen beschäftigt, denn jetzt erst war ihr aufgefallen, daß John Sinclair fehlte.

Warum . . .

Unsicher blickte sie sich um, aber er kam nicht nach. Die Frage stand auf ihrem Gesicht zu lesen, sie brauchte sie nicht mehr zu stellen, weil Flora das Thema anschnitt.

»Suchst du deinen Freund?«

»Ja.«

»Er blieb im Keller!«

Rita schoß hoch. Ihr Gesicht bekam in Sekundenschnelle eine dunkle Röte. »Das glaube ich nicht!«

»Doch, Schätzchen, er blieb im Keller.«

»Was macht er dort?«

Flora funkelte sie an. »Vielleicht sucht er dort die Leichen, die so stinken.«

Dieser Satz traf Rita hart. Plötzlich stand wieder alles vor ihren Augen. Das Zimmer, der Geruch, die vier Frauen, und sie brauchte nur in deren Gesichter zu schauen, um zu wissen, daß sie einen teuflischen Plan verfolgten.

»War er freiwillig im . . .?«

»Nicht ganz«, erklärte Erica, der Vamp. »Wir haben etwas nachgeholfen, wenn du verstehst.«

»Wie denn?«

»Mit einem Holzscheit, Süße. Ich habe ihm damit auf dem Kopf geschlagen. Jetzt liegt er unten, so allein, so einsam . . .« Erica kicherte. »Aber er wird Gesellschaft bekommen.«

»Mich?« rief Rita.

»Genau, mein Kind. Nicht sofort, sondern später. Du wirst durch unser Stundenglas rutschen!« erklärte Flora, und ihre Freundinnen nickten dazu wie Puppen.

Stundenglas rutschen!

Rita Wilson verstand die Welt nicht mehr. Sie begriff überhaupt nichts. Ihr war nur klar, daß sie dieses verdammte Haus so schnell wie möglich verlassen mußte.

»Das Fünf-Minuten-Grauen«, flüsterte Georgette. »Es hat noch niemanden verschont.«

»Was meinen Sie denn damit?«

»Das zeigen wir dir!« erklärte Clara. Sie nickte dabei. Ihre Augen sahen aus wie gefroren.

Rita atmete schnell und heftig. Noch stand der Tisch zwischen ihr und den Frauen. Wenn sie sich beeilte, konnte sie die Tür erreichen und fliehen. Dann würde sie Hilfe holen, um John Sinclair aus seiner Lage zu befreien.

Sie riß sich zusammen. Mit keiner Geste gab sie ihren Plan zu verstehen. »Was haben wir Ihnen denn getan?« erkundigte sie sich mit weinerlicher Stimme.

»Nichts«, sagte Clara.

»Ihr seid nur zur richtigen Zeit gekommen.« Erica grinste.

»Darauf freut sich die Hölle«, meinte Georgette.

»Denn der Teufel hat uns zu seinen Dienerinnen gemacht!« gab auch Flora ihren Senf dazu.

Viel konnte Rita Wilson mit diesen Antworten nicht anfangen. Aber sie merkte, daß sich etwas verändert hatte. Es war kälter in der Halle geworden. Ein Ring aus Eis schien sich um ihre Brust legen zu wollen, und ihr fiel das Atmen schwer.

Wie sollte sie sich verhalten?

»Das ist doch alles nur Spaß, was Sie mir da gesagt haben! Sie wollen mir nur angst machen.«

Flora schüttelte den Kopf. »Es ist bestimmt kein Spaß, das kannst du mir glauben.«

»Dann wollt ihr mich töten?«

»Töten lassen – das Fünf-Minuten-Grauen, du verstehst?«

»Wie Elena Parker?« Jetzt war es heraus. Rita hatte es nicht sagen wollen, nur konnte sie ihre Worte nicht zurücknehmen und hätte sich am liebsten die Zunge abgebissen.

Wie ein Vogel schob Flora ihren Kopf vor. »Was hast du gesagt, Kindchen? Welcher Name war das?«

»Nichts, gar nichts. Sorry, ich habe einfach nur . . .«

»Elena Parker?« fragte Erica.

»Du kennst sie, wie?« schnappte Clara.

»Nein, ich . . .«

»Hast du von ihr gehört?«

»Ach verdammt, hören Sie doch auf! Es war ein Versehen . Ich weiß nichts. Ich will . . .«

Dann handelte Rita. Sie schleuderte den Weibsbildern sogar noch den Tisch entgegen, die fluchend zur Seite sprangen, es aber nicht richtig schafften.

Sie fluchten und schrien hinter Rita her, was diese nicht störte, denn sie hetzte mit riesigen Schritten auf die Tür zu, um den Weibern zu entwischen.

Hinter sich hörte sie trampelnde Schritte, aber die Frauen schafften es nicht, sie vor dem Tisch zu erreichen. Ihr Training machte sich jetzt wieder einmal bezahlt.

Sie prallte gegen die Tür, weil sie nicht richtig abgebremst hatte, hämmerte die Klinke nach unten – und schrie vor Wut auf, weil die Ausgangstür verschlossen war.

Abgesperrt! Es schoß in ihrem Kopf hoch. Die alten Hexen hatten ihr eine Falle gestellt.

Und sie waren da!

Rita Wilson hatte sich mit dem Rücken gegen das Holz der Tür gepreßt. Sie war außer Atem, das Blut schoß in ihren Kopf und verzerrte das Bild der vier Frauen, die sich ihr in einer Reihe näherten – mit Gesichtern, die Bände sprachen.

Kein Pardon für diese Frau!

Rita stand allein, die anderen waren in einer vierfachen Übermacht. Konnte sie dagegen ankommen? Würde es ihr gelingen, sich zu wehren?

Sie wußte es nicht, sie mußte es aber versuchen. Eine Chance war das Fenster, und wenn sie dabei einfach durch die Scheibe sprang. Im Zirkus gab es einen Mann, der so etwas ohne Verletzungen überstand. Sie hatte ihm des öfteren zugeschaut und traute sich auch ohne Übung eine derartige Leistung zu.

Aber da waren die vier!

»Haut ab!« brüllte Rita, bevor sie startete. Sie täuschte einen Lauf zur linken Seite hin an, die Frauen zuckten auch in die Richtung, aber Rita drehte sich auf der Stelle und hetzte nach rechts, auf das nächste Fenster zu, das nicht weit entfernt lag.

Nicht erst lange klettern, nur auf die breite Bank aus Stein, dann durch die Scheibe.

Etwas traf mit vehementer Wucht ihren Rücken. So hart und brutal, saß es ihr den Atem raubte.

Rita stöhnte auf. Plötzlich kreisten bunte Flecken vor ihren Augen. Der Schmerz wühlte sich hoch bis in die Schultern, sie verfehlte die Bank und rutschte ab.

Mit dem Bauch fiel sie gegen die Kante, die hart durch ihre Kleidung in die Haut schnitt.

Es war schwer für sie, sich auf den Füßen zu halten. Rita sackte zusammen, wollte aber nicht fallen, denn dann war ihre Chance vertan.

Daß sie nicht fiel, dafür sorgten helfende Mörderhände. Die Frauen packten zu und hielten sie fest. Und Flora trat seitlich an sie heran, um ihr den Gegenstand zu zeigen, der so hart ihren Rücken getroffen hatte.

Es war die schwere silberne Kaffeekanne. »Sie ist ein wirklich praktischer Gegenstand!« zischte Flora. »Für viele Dinge zu gebrauchen. Man muß nur kreativ sein. Und noch etwas, Süße. Keine haben wir laufenlassen, keine ist uns entkommen. Du wirst es auch nicht.«

»Warum denn?« jammerte sie. »Warum wollt ihr mich töten? Ich habe euch nichts getan.«

»Wie war das mit Elena Parker?«

»Ich habe von ihr gehört.«

»Auch sie hat uns nichts getan, Süße.«

Rita hatte Schwierigkeiten mit der Luft, weil der Schmerz ihren Rücken zu stark malträtierte. Sie kam sich auf dem Boden hockend so gedemütigt vor und suchte noch immer nach einer Chance, diesen furchtbaren Frauen zu entkommen.

Etwas ringelte aus Floras Hand. Es war lang, dünn, schwarz und glänzte leicht.

Eine Peitschenschnur.

Rita Wilson haßte Peitschen. Als sie die Schnur glatt wie eine Schlange über den Boden ringeln sah, sprang sie plötzlich auf, den Schmerz im Rücken nicht achtend.

Flora lachte. Genau zwei Schritte weit ließ sie die

junge Frau kommen, dann schwirrte etwas durch die Luft, an Rita vorbei, und dicht vor ihrem Hals zog sich die Peitsche mit einem knallenden Geräusch zusammen, um noch im gleichen Augenblick drei dunkle Ringe um ihre Kehle zu legen.

Flora zog nur kurz.

Sie stoppte nicht nur Ritas Lauf, die Frau kippte auch nach hinten. Sie merkte, daß ihr durch den plötzlichen Ruck die Luft genommen wurde, röchelte, würgte und landete auf dem harten Boden. Das Stechen im Rücken bekam sie nicht mehr mit, denn eine gnädige Bewußtlosigkeit hielt sie umfangen.

Flora ging auf sie zu, drehte ihre rechte Hand und löste mit einer lässig anmutenden Bewegung die Ringe.

Rita blieb liegen . . .

Stumm, regungslos, wie tot. Ein bleiches Gesicht, umrahmt von wunderschönen roten Haaren, was auch Georgette auffiel, denn sie kniete neben der Bewußtlosen nieder und strich mit den gespreizten Fingern durch die Flut auf dem Kopf.

»Wunderschönes Haar hat sie. Ich hätte es mir früher auch so gewünscht, ehrlich. Sie ist sehr schön, die Kleine.«

»Trotzdem muß sie sterben!« sagte Flora hart.

Clara und Erica nickten, wobei der alternde Vamp noch etwas hinzufügte: »Im Höllenschlamm werden sich die beiden Gesichter treffen. Ob sie sich wohl erkennen werden?«

Flora warf ihr einen kalten, fast verächtlichen Blick zu. »Geh jetzt und hol die Umhänge.«

»Ja. ja.« Erica nickte und lief mit schnellen Schritten weg.

Sie hörte nicht, wie Flora flüsterte: »Der Teufel wird uns dankbar sein und uns ein langes Leben schenken.

Höllenschlamm, wie wunderbar verjüngend er doch wirkt ...«

Plötzlich strahlten ihre Augen, als wäre sie erst zwanzig ...

Der Schlamm war da, und auch die Gesichter schimmerten als bleiche Schatten darin.

Ich hatte meinen ersten Schrecken überwunden und ging nüchtern an die Gefahr heran.

Noch stand ich auf einer kleinen Insel. Es würde auch dauern, bis das Zeug meine Füße umwaberte. In diesen Minuten mußte ich mir etwas einfallen lassen.

Daß mich die beiden Weibsbilder reingelegt hatten, darüber ärgerte ich mich nicht mehr. Es war Pech gewesen, Kismet, ich hätte besser achtgeben sollen, aber dieser Schlamm war mörderisch, wie mir schon das Erbe der toten Dora bewiesen hatte.

Er glitt näher an mich heran, umfing mich bereits von allen Seiten, aber er gab kein Geräusch ab. Dieses Wandern geschah in einer unheimlichen Lautlosigkeit, und der Begriff von einem lautlosen Tod paßte einfach dazu. Kein Kratzen, kein Schaben – nichts drang von ihm an meine Ohren.

Dazu die Gesichter.

Männer und Frauen sah ich durch den Schlamm schimmern.

Manche Gesichter sehr breit, als wären sie auseinandergezogen worden. Andere wiederum schmaler, wie zusammengepreßt wirkend. Aber eines hatten sie gemeinsam.

Die Qual und die Angst auf ihren Zügen und in den Augen. Nichts wies auf eine Erlösung durch den Tod hin, in diesen Gesichtern stand der Schrecken festgeschrieben, den die Menschen in den letzten Sekunden ihres Lebens erfahren hatte.

Es waren junge Menschen gewesen. Keiner wohl älter als fünfundzwanzig. Vielleicht Tramper, Feriengäste, die dem teuflischen Quartett in die Hände gefallen waren.

Wie auch Rita Wilson?

Ich konnte meine Gedanken einfach nicht von ihr abwenden. Sie würde nicht nur zwei Gegner haben wie ich, sondern gleich vier. Dagegen kam sie nicht an.

Den Schlamm zu überspringen würde mir nicht gelingen, aber ich wollte genau wissen, wie er reagierte und ob ich ihn mit einem geweihten Silbergeschoß stoppen konnte.

Ich zielte schräg nach unten, drückte ab und lauschte den peitschenden Schußecho.

Die Silberkugel hatte getroffen, sie war klatschend in den schwarzen Schlamm hineingefahren, ohne etwas zu erreichen. Das bemerkte ich bereits Sekunden später. Zwar entdeckte ich eine Schramme, durch die der graue Boden schimmerte, aber sie blieb nicht mehr lange frei, denn von beiden Seiten schob sich der Schlamm höher und wuchs über der Schramme zusammen.

Verdammt, das gefiel mir überhaupt nicht.

Zur Verfügung standen mir der Dolch und natürlich mein Kreuz, das sich mit vehementer Wucht gegen die Kräfte der Hölle anstemmte. Ich zog es hervor, prüfte es auf seine Temperatur und stellte fest, daß es sich nur minimal erwärmt hatte.

Dabei war der Schlamm in der Hölle entstanden. Eigentlich hätte es dagegen angehen müssen.

Oder war es Asmodis gelungen, etwas zu entwickeln, das auch gegen mein Kreuz tabu war?

Ich wußte es nicht und überlegte, ob ich dem wandernden Schlamm entgegengehen und es ausprobieren sollte.

Dazu kam ich nicht.

Etwas anderes passierte, und zwar über mir, wo es plötzlich hell wurde.

Elektrisches Licht gab es hier nicht, auch keine Lampen, die Helligkeit mußte einen anderen Grund haben.

Ich legte den Kopf zurück und blickte gegen die Decke. Was ich dort sah, war kaum zu fassen.

Dieser Keller besaß hoch über mir keine normale Decke, sondern eine aus Glas. Und dort genau schimmerte das Licht durch, das auf halber Strecke zum Kellerboden hin versickerte.

Soweit hätte ich den Vorgang noch als normal einstufen und hinnehmen können.

Was nicht normal war, daß . . .

Nein, ich dachte nicht mehr weiter, wischte mir über die Augen, denn ich schaute von unten her gegen die auf dem Glasboden stehende Rita Wilson und wußte im gleichen Moment, daß sie in eine tödliche Falle hineingeraten war . . .

Rita erwachte und wußte nicht, wo sie sich befand. Alles um sie herum war dunkel, tintig, als hätte man die Welt mit einer pechschwarzen Farbe angestrichen.

Sie lag auf dem Rücken, die Schmerzen zuckten durch den Körper und ließen auch die Stirn nicht aus. Ihr Hals fühlte sich an, als hätten dort die Finger eines Würgers zugepackt.

Das gab ihr Gelegenheit, sich wieder zu erinnern. Und dieses Nachdenken empfand sie als verflucht grausam und peinigend.

Die vier Weiber, die Hexen, hatte es tatsächlich geschafft, sie zu überwältigen. Wie auch bei Elena Parker, und sie hatte ebenfalls keine Chance gehabt.

Rita wunderte sich über sich selbst, wie realistisch sie plötzlich denken konnte. Elena hatte keine Chance, sie würde auch keine bekommen, das stand fest. Sie steckte in der Todesfalle, die noch nicht ganz zugeschnappt war, aber Rita sah keine Chance, ihr zu entwischen. Diese Dunkelheit war furchtbar. Es gab kein Vor und Zurück, aber auch keinen Weg zur Seite. Sie mußte bleiben.

Noch lag sie, das änderte sich, als sie sich mit einem Schwung aufrichtete und feststellte, daß sie sich dabei zuviel zugemutet hatte, denn wieder flammte der Rükken auf. In ihrem Kopf begann es ebenfalls zu hämmern, zudem blieb das würgende Gefühl im Hals.

Das alles vergaß sie, als es über ihr hell wurde. Es war kein Explodieren des Lichts, nicht die plötzlichen, blendenden Strahlen, bei Rita geschah es wie im Kino, wenn der Nachspann des Films auf der Leinwand erscheint.

Intervallweise vertrieb die Helligkeit die Schatten, als wollte sie diese wegdunsten.

Rita hielt den Atem an. Es war nicht ohne Grund heller geworden. Sehr genau wußte sie, daß dies etwas zu bedeuten hatte. Bestimmt wollte man ihr den weitren Fortgang des Schicksals vor Augen halten.

Sie konnte sehen. Erwartet hatte sie eigentlich nichts – und wenn, dann etwas Schlimmes, Furchtbares, aber die Umgebung, in der sie sich befand, war so etwas von normal, daß sie sich darüber nur wundern konnte.

Vier Türen zählte sie. Eine vor, zwei seitlich, die letzte hinter ihr. Rita hielt sich genau in der Mitte auf. Im scharfen farblichen Kontrast zu den Türen standen die vier bleichen Wände, wie mit Knochenmehl bestrichen.

Und der Boden war durchsichtig!

Rita Wilson hielt den Atem an. Zunächst hatte sie es kaum glauben wollen, doch es war tatsächlich so. Mit beiden Beinen stand sie auf dem so dünn aussehenden Glas.

Tatsächlich dünn?

Der Gedanke an Flucht schoß ihr durch den Kopf. Die Türen ließ sie dabei außen vor, sie traute sich nicht, auf eine zuzugehen und sie zu öffnen, der gläserne Boden zog sie einfach zu stark in seinen Bann.

Dünn sah er aus, was täuschte, denn als Rita mit dem rechten Fuß auftrat, vernahm sie kein Splittern, nur ein matt klingendes Geräusch entstand als Echo.

Das Glas war hart wie Stein. Das hindurchfließende Licht versickerte sehr schnell, so daß Rita nicht erkennen konnte, was unterhalb des Glasbodens lag.

An ihre Schmerzen hatte sie sich zwar nicht gewöhnt, doch die gespannte Neugierde überwog. Allerdings auch die Angst, die im Hintergrund ihre Seele lauerte, denn die vier alten Hexen hatten sie nicht grundlos auf die Glasplatte geschafft.

Weshalb? Was hatten diese Frauen mit ihr vor? Ein kaltes Gefühl kroch den Rücken hoch, setzte sich im Nacken fest und verstärkte sich, als sie ein leises Quietschen hörte, das entstand, weil die vier Türen von innen her geöffnet wurden.

Vier Türen, vier Frauen – und sie erschienen!

Ritas Herz klopfte viel schneller, als sie die Gestalten sah. Drei konnte sie erkennen, und sie ging davon aus, daß die vierte Gestalt hinter ihr ebenso aussah.

Die Frauen hatten sich umgezogen. Sie trugen lange Kutten, deren Kapuzen den Kopf bedeckten und nur die Gesichter freiließen. Die Augen sahen noch böser aus, Blicke spitz wie Dolche erfaßten Rita.

Keine der Frauen sagte etwas, man starrte sie nur an, und sie kam sich vor wie in einem Gefängnis. Wenn der Tod eine Gestalt hatte, dann mußte er so aussehen wie die vier Weiber.

Rita konnte nicht sprechen, obwohl ihr tausend Fragen auf der Zunge lagen. Etwas umschnürte Hals, Brust und Kehle, stach in ihren Magen wie Messer.

Was sollte sie tun?

Sie konnte nichts unternehmen, die Frauen hatten sie in die Falle gelockt, und sie war ihnen hilflos ausgeliefert. Flora stand vor ihr. Eine Frau, die so konservativ wie von gestern wirkte, aber ihr Blick sprach Bände.

Keine Gnade!

»Warum?« Rita hörte sich sprechen, doch war das ihre Stimme, die so fremd und krächzend klang?

Flora bewegte die Lippen. Wahrscheinlich sollte es ein Lächeln sein. Rita empfand es mehr als ein grausames Versprechen. »Du kannst eine Anwort bekommen, Kindchen. Wir sind einem verpflichtet, der alles auf dieser Welt beherrscht, auch wenn es nicht so scheint. Es ist der Herrscher über die Hölle. Man nennt ihn den Teufel, den Satan, den großen Verführer und noch mehr. Für uns aber ist er ein Freund. Der Freund, der uns alles gibt, den, der uns das Symbol des Todes überlassen hat, das Stundenglas. Es ist ein Zeichen der Zeit, und es zeigt an, wie schnell ein Leben vergeht oder vergehen kann. Ein ganz besonderes Stundenglas, in das auch du eingelassen wirst, denn es ist in der Lage, uns das zu geben, was uns am Leben erhält, den Schlamm . . .«

Rita Wilson schluckte. Sie schüttelte den Kopf, bewegte zwinkernd ihre Augen, begriff nichts.

»Weißt du es nicht?«

»Nein.«

»Das glaube ich dir nicht, Mädchen. Du bist ebensowenig eine normale Besucherin wie dein Begleiter ein Tourist oder Besucher dieses Landes ist. Ihr seid bewußt zu uns gekommen, du hast einmal den Namen Elena Parker erwähnt. Auch wir kennen ihn, und wir wissen ebenfalls von einer Person, die einmal zu uns gehört hat, mitmachen wollte, dann jedoch verschwand, weil sie zu sehr eigene Wege . . .«

»Dora!« Sie hatte es nicht gewollt, der Name war Rita einfach über die Lippen gerutscht.

»Richtig.« Flora nickte.

Hinter ihr lachten die drei anderen Frauen. Da wußte Rita, daß sie sich mit dieser Bemerkung endgültig ihr Grab gschaufelt hatte.

»Ja, Dora gehörte einmal zu uns, Kindchen. Als es richtig ernst wurde, verschwand sie. Leider besaß sie ein genügend großes Wissen, um damit etwas anfangen zu können. Lange Zeit ließ man uns in Ruhe, dann kam diese Elena Parker. Wir durchschauten sie, die Frau lief in die Falle, und wir wußten genau, wem wir den Besuch zu verdanken hatten. Deshalb schickten wir Dora die Reste.«

»Ich weiß.«

»Und? Wie geht es ihr? Wie hat sie reagiert?«

»Überhaupt nicht«, erwiderte Rita Wilson mit tonloser Stimme. »Sie konnte nicht mehr reagieren, denn Dora ist tot.«

»Nein!« flüsterte Flora und lachte dann auf.

Auch die anderen drei Frauen stimmten in dieses Gelächter mit ein, wobei besonders Georgette gut zu hören war, denn ihre Stimme hatte einen schrillen Klang bekommen.

»Tot«, sagte Flora zufrieden und nickte dabei. »Das ist ja wunderbar, das ist gut.« Sie schaute Rita noch genauer an. »Welcher Teufel hat dich denn geritten, uns hier einen Besuch abzustatten, zusammen mit deinem angeblichen Freund?«

»John Sinclair ist Polizist. Vor ihrem Tod hat Dora gebeten, ihn einzuschalten.«

»Was du getan hast.«

»Ja.«

»Warum?«

»Sie war meine Freundin. Ich . . . ich war ihr noch etwas schuldig, wenn Sie verstehen.«

Flora nickte ihr zu. »Ja, das verstehe ich. Du bist ihr schuldig, ebenfalls zu sterben, denn unser Schlamm braucht Nachschub. Bald wird wieder ein Gesicht unter seiner Oberfläche schimmern, nämlich deines. Es ist der Schlamm, in dem wir baden. Durch seine Kraft bekommen unsere Körper wieder die nötige Spannkraft. Dieser Schlamm ist wie ein wunderbarer Jungbrunnen für uns. Aber nicht jeder kommt an ihn heran. Er besitzt seinen Ursprung tief in der Hölle. Dort hat er gekocht, gekokelt, da ist er den Kräften des Teufels überlassen worden, ein Schlamm, der aus Menschen besteht.«

Rita konnte es kaum fassen. So etwas war ungeheuerlich. Menschen, die zu Schlamm wurden, so etwas konnte nur mit den Kräften des Teufels geschehen.

Wenn jemand starb, verging er zu Staub, aber zu Schlamm?

Sie war nicht in der Lage, weiterzusprechen. Etwas drückte ihre Stimmbänder zu, sie spürte es feucht in den Augen werden, die Lippen zitterten, und sie sah, wie Flora nickte.

»Jetzt weißt du alles, Kindchen!«

Obwohl Ritas Schicksal am seidenen Faden hing, dachte sie dennoch an ihren Begleiter. »Ich bin mir nicht sicher, ob ihr gewinnen könnt. John Sinclair wird . . .«

»Gar nichts wird er!« erklärte die Frau, »überhaupt nichts. Er ist nicht mehr in der Lage.«

»Tot . . .?«

»Bestimmt, Kindchen, denn dem Höllenschlamm wird auch er nicht entwischen können. Der kennt kein Pardon, der ist gnadenlos, der vernichtet alles, ob Mann oder Frau.«

»John Sinclair kann sich wehren!«

Flora winkte ab. Ihre Hand sah dabei aus wie eine alte Klaue. »Kein Mensch kann sich gegen die Hölle wehren, das solltest du dir hinter die Ohren schreiben, solange dir noch Zeit bleibt. Er ist stärker. Er bestimmt das Leben und den Tod durch das Stundenglas des Teufels. Denk daran.«

»Wieso das Stundenglas?« fragte Rita. Sie ahnte etwas, aber sie wollte es genau wissen.

»Du kennst doch das Stundenglas.« Flora lachte, in ihrem Gesicht zuckte es vor Triumph. »Stundengläser sind etwas Besonderes. Man kann sie auch despektierlich als Eieruhren bezeichnen. Aber unser Stundenglas ist so groß, daß ein Mensch hineinpaßt. Es wird ihn mit der oberen Hälfte umschlingen, dann werden die magischen Kräfte der Hölle geweckt, und der Mensch wird merken, wie schwach er letztendlich ist, wenn er durch die schmale Röhre zwischen den beiden Hälften rutscht und dabei allmählich zu Schlamm zerfließt. Schlamm rutscht in die untere Hälfte. Widerlicher Schlamm für den normalen Menschen, versehen mit einem Geruch von Moder und Verwesung, aber für uns das Mittel, um uns am Leben zu erhalten. Das Stundenglas ist der Herr über Leben und Tod. So hat es der Teufel gesagt, so ist es eingetroffen, und so wird es immer bleiben, auch bei dir, Kindchen.«

Rita hatte mitgehört und schaffte es nicht, über diese Philosophie nachzudenken, weil sie einfach zu schrecklich für sie war. Eine Frage jedoch rutschte über ihre Lippen.

»Wo ist es?«

Flora gab ihr keine direkte Antwort. Beinahe vorwurfsvoll schüttelte sie den Kopf. »Das weißt du nicht? Denke nach, Kindchen. Auch ein Stundenglas aus der Hölle besteht aus einem bestimmten Material. Und zwar aus dem, auf dem du stehst.«

»Glas!«

»Ja!« Fast jubelnd gab sie die Antwort. »Es besteht aus Glas. Du stehst auf dem oberen Rand. Es braucht sich nur zu öffnen, um dich verschlingen zu können.«

Rita glaubte, von einem Peitschenhieb erwischt zu werden. Sie ging etwas in die Knie. Ihr Magen zog sich zusammen, plötzlich wurde ihr übel.

»Geht es dir schlecht?« erkundigte sich Flora mit falscher Freundlichkeit.

»Das . . . das kann nicht wahr sein . . .«

»Schau vor deine Füße.«

Rita senkte den Kopf. Sie konnte in das Glas hineinsehen, die Tiefe war vorhanden, nur erkannte sie nicht, ob es tatsächlich aus zwei kelchartigen Hälften bestand, die miteinander verbunden waren.

»Wir lassen dich jetzt allein!« erklärte Flora. »Beim Sterben sollte jeder für sich selbst sein. Eigentlich ist es schade um dich, aber du hättest nicht kommen sollen.«

»Nein, das hättest du nicht«, sagte Clara.

»Es wäre für dich besser gewesen, in England zu bleiben!« flüsterte auch Erica zum Abschied.

»Au revoir, Kindchen!« hechelte Georgette, die Chansonette und der gealterte Vamp.

Ihre Worte verklangen, als sich Flora zurückzog und ebenso leise die Tür schloß wie auch ihre drei Freundinnen.

Rita Wilson war allein!

Unbeweglich stand sie auf der Glasfläche und dachte darüber nach, ob sie in den vergangenen Minuten einen Traum erlebt hatte oder nicht. Es mußte einfach ein Traum sein, denn . . .

Da geschah es!

Zuerst spürte sie den Ruck, als würde sich unter ihren Füßen etwas zusammenziehen.

Sie senkte den Blick und glaubte, daß sich in der Tiefe etwas veränderte. Dort nahm das Glas eine andere Gestalt an, es zog sich zusammen, lief von zwei Seiten der Mitte entgegen und sorgte dafür, daß die schmale Verbindungsröhre entstand.

Es stimmte alles . . .

Rita wurde klar, daß ihr jetzt die letzte Chance blieb. Sich nach vorn werfen, wegrennen, durch eine der Türen verschwinden und irgendwohin rennen.

Als sie das Schmatzen vernahm, war es bereits zu spät. Plötzlich steckte sie fest. Da war das Glas weich wie Pudding geworden und hielt bereits ihre Schuhe umschlungen.

Rita brach seelisch zusammen . . .

Meine Begleiterin steckte in der Falle. Ich stand tief unter ihr, konnte sie sehen, doch es war mir unmöglich, ihr zu Hilfe zu eilen. Die vier alten Frauen hatten die Todesfalle perfekt aufgebaut, kein Mensch konnte ihr jemals entrinnen.

Innerlich kochte ich. Das half nichts, ich mußte einen klaren Kopf bewahren.

Wo lag die Lösung?

Gab es sie überhaupt? Verzweifelt dachte ich nach, den Blick nach wie vor in die Höhe gerichtet, wo jetzt noch mehr Bewegung entstand, denn es zeigten sich vier Schatten.

Die Frauen waren da!

Heimlich hatten sie ihre Verstecke verlassen, waren auf leisen Sohlen herangeschlichen, rahmten Rita ein und würden sicherlich mit ihr sprechen, um ihr zu erklären, welches Schicksal ihr bevorstand.

Dabei demonstrierten sie ihr und mir unsere Hilflosigkeit, ein infames, brutales Spiel, wie es eigentlich nur in der Hölle seinen Anfang finden konnte.

Das war des Teufels würdig!

Auf mich kroch der Schlamm zu . . .

Lautlos und in schmalen Wellenformationen bewegte er sich zielsicher voran. Meine Insel, auf der ich stand, verkleinerte sich zusehends. Fahl leuchteten die Gesichter der Toten innerhalb der Masse. Bald würden sie ein neues bekommen – Rita Wilson!

Da die vier alten Frauen noch immer mit ihr sprachen, konnte ich mich auf den Höllenschlamm konzentrieren.

Meinen Silberkugeln hatte er widerstanden, aber wie würde er sich dem Kreuz gegenüber verhalten? Der Teufel hatte ihn geschaffen, und der Teufel haßte mein Kreuz, weil er dagegen nicht ankam. Schon oft genug hatte es ihm bittere Niederlagen bereitet. Ich konnte nur hoffen, daß ich es auch diesmal schaffte.

Die Größe meiner Insel schmolz von Sekunde zu Sekunde. Vielleicht noch knapp zwei Yards war die Masse von mir entfernt. Noch einmal leuchtete ich über sie hinweg und sah den dünnen Rauch, der über der Oberfläche waberte.

Was tun?

Ich ging vor und blieb erst dann stehen, als der Schlamm meine Fußspitzen fast erreichte. Ich drückte mich in die Hocke, das Kreuz hielt ich in der rechten Hand.

»Asmodis«, flüsterte ich dem Schlamm entgegen, »diesmal wirst du dich getäuscht haben, du kommst gegen die Kräfte des Lichts nicht an. Die Welt darf nicht auf den Kopf gestellt werden, sie nicht.«

Und ich sah, daß etwas geschah. Etwas Unheinliches passierte, mir kam es dabei vor, als hätte der Schlamm meine Worte genau verstanden. Er oder der Teufel, aber was spielte das für eine Rolle?

Er blieb stehen ...

Kein Weiterkriechen mehr, nichts, was mich hätte beunruhigen müssen. Dicht vor meinen Füßen war er zur Ruhe gekommen. Hatte allein die Kraft meines Kreuzes ausgereicht?

Ich wurde mutiger ...

Gelassen schob ich meine rechte Hand vor, um das Kreuz mit dem Schlamm in Kontakt zu bringen.

Es war nicht möglich.

Bevor es eintauchte, war der Höllenschlamm verschwunden. Blitzartig hatte er sich zurückgezogen, dermaßen schnell, als würde ein Schatten über den Kellerboden huschen.

Ich war wie vom Donner gerührt!

Abermals versuchte ich es, lief hinter dem Schlamm her, aber er war schon weg. Eingetaucht in den Boden und die Wände des alten Kellers. Er hatte das Haus in Besitz genommen und hielt es unter Kontrolle. Ein Phänomen, das ich im Moment nicht begriff.

Etwas ratlos blieb ich stehen. Der von oben herabfallende Schein erinnerte mich wieder an Rita Wilson. Ich blickte in die Höhe, um zu sehen, wie es ihr erging.

Noch stand sie schräg über mir, auch die vier Frauen waren vorhanden. Wenn sie noch blieben und es mir gelang, dem Keller zu entwischen, sah die Lage wieder besser aus.

Der helle Lampenstrahl wies mir den Weg. Er tanzte im Rhythmus über den Boden und zuckte bald gegen die ersten Stufen der Treppe. Ich nahm sie mit langen Sprüngen, stand vor der Tür und wuchtete mich dagegen. Sie zitterte zwar, aber sie ließ sich nicht sprengen.

Mit zwei Tritten wollte ich sie auframmen, was auch nicht möglich war.

Allmählich verging mir zuviel Zeit, denn irgendwo steckte Rita noch immer in der Klemme.

Ich schaute mir das Schloß an. Okay, es war alt, leider nicht verrostet.

Wieder versuchte ich es. Einen Anlauf konnte ich nicht nehmen, der Platz war nicht vorhanden. So winkelte ich das rechte Bein an, holte genügend Kraft und hämmerte den Fuß in Höhe des Schlosses gegen die Kellertür.

Drei Tritte benötigte ich, als ich es splittern hörte. Der vierte Tritt schaffte die Tür.

Mit einem gewaltigen Krach flog sie nach außen. Holz splitterte, sie hämmerte mit der Klinke gegen die Tür, schwang mir nicht mehr entgegen, weil sie schief in den Angeln hing.

Freie Bahn!

Ich stürzte in die Halle hinein mit all ihren ungewöhnlichen Möbelstücken, mit ihrem Plüsch, mit dem Geruch der Vergangenheit und mit ihrer Menschenleere.

Die vier Frauen befanden sich irgendwo über mir. Ich hätte das Haus durchsuchen sollen, statt mit den Weibern Tee zu trinken, so wußte ich nicht, wie ich sie erreichen sollte und mußte erst lange herumlaufen, was für Rita Wilson fatale Folgen haben konnte.

Es war zum Heulen.

Automatisch lief ich der Treppe entgegen, suchte nach Spuren, fand natürlich keine und hetzte in langen Sätzen die Stufen hoch, um in dem Gang stehenzubleiben, wo sich auch unsere Zimmer befanden.

Hielten sie sich hier auf?

Mit der Beretta in der rechten Hand durchwanderte ich ihn. Kein Geräusch war zu hören, nur meine eigenen Schritte schleiften über den alten Mittelteppich.

Hinter meiner Stirn tuckerte es. So schnell verkraftete auch ich einen Treffer nicht.

Leer lag der Gang vor mir, kein Moder- oder Leichengeruch wehte mir entgegen, alles wirkte normal, auch wenn das Haus so verlassen erschien.

Es dauerte etwas, bis ich meine Zimmertür erreicht hatte. Mir kam zuvor in den Sinn, auch bei Rita nachzuschauen. Blitzartig und mit schußbereiter Waffee schob ich mich in den Raum.

Leer . . .

Mein Gesicht bestand nur mehr aus Anspannung, als ich wieder zurückging und einige Schritte weiter die nächste Tür aufriß.

Auch in meinem Zimmer hielt sich niemand auf, aber der leichte Modergeruch hielt sich zwischen den Wänden.

Augenblicklich richtete ich meinen Blick auf den großen Schrank an der Wand.

An seiner Rückseite begann der Geheimgang, von dem ich nicht wußte, wo er begann oder endete.

Vielleicht dort, wo Rita auf den Tod wartete.

Mit schnellen Schritten ging ich auf den Schrank zu, riß die Tür auf – und zuckte zurück.

Vor mir stand eine Kuttengestalt. Im vorderen Auschnitt der Kapuze zeichnete sich das bleiche, verlebt wirkende Gesicht der ehemaligen Sängerin Georgette ab.

Das störte mich nicht. Viel schlimmer war der langläufige Colt-Revolver, dessen Mündung dicht unter meinem Kinn die Brust berührte, als Georgette triumphierend flüsterte: »Dem Schlamm bist du entwischt, uns aber entkommst du nicht. Deshalb laß deine Waffe fallen, sonst schieß ich dir in die Brust . . .«

Der Schlamm war nicht aufzuhalten!

Langsam aber stetig hatte er gegen die verschlossene Tür gedrückt, war nicht nur durch den unteren Spalt gekrochen, auch an ihr innen hochgeglitten und hatte den Druck verstärkt.

Er hatte sie nicht aus dem Rahmen oder der Fassung reißen können, aber sie war derart nach außen gebogen, daß genügend Lücken entstanden waren, um die Masse hindurchzulassen.

Wie Wasser, das einmal den Weg gefunden hat, so hatte sich auch der Schlamm seinen Weg gesucht, war in den Gang geglitten, wo ihm alle Möglichkeiten offenstanden.

Das hatte die beiden Wachtposten nicht ruhen lassen. Ihr Alarmruf war die Folge.

Der erreichte Sir James und Suko, die gemeinsam im Büro des Superintendenten saßen.

Sir James antwortete mit einem Wort, das bei ihm partout nicht üblich war, und hämmerte den Hörer zurück. Über den Apparat hinweg schaute er Suko an.

»Jetzt ist es soweit. Er hat es geschafft. Die Tür konnte dem Druck nicht standhalten.«

Suko sprang hoch. »Ich werde mir die Bescherung ansehen.«

»Ich gehe mit.«

Mit starren Gesichtern standen die beiden Männer im Fahrstuhl, der sie in die betonartige Unterwelt brachte. Dort erreichten sie die Zone, wo Männer standen, die einen hilflosen Eindrcuck machten und auf Rat hofften.

Den konnten Sir James und Suko auch nicht geben. Sie schauten sich das schwarze Chaos an, das sich nach beiden Seiten hin im Gang ausbreitete und dabei weiterkroch.

»Mist!« sagte der Inspektor. »Das verdammte Zeug hat sich vermehrt wie die Hasen.«

»Noch schlimmer, Inspektor«, meinte einer der Aufpasser. »Wenn Sie keine Lösung wissen, wer dann?«

»Ich weiß es nicht.« Suko umfaßte den Griff der Peitsche, was von Sir James gesehen wurde.

»Wollen Sie es wirklich noch einmal versuchen und damit zuschlagen?«

»Ich weiß nicht . . .«

»Denken Sie an die Flammen.«

Suko nagte auf der Lippe und sprach dabei. »Es ist Höllenfeuer«, murmelte er, »verdammtes Höllenfeuer. Wie kann man es löschen? Mit Wasser bestimmt nicht.«

»John mit seinem Kreuz.«

»Und der ist weit. Außerdem haben wir von ihm nichts gehört.« Suko wischte über seine Stirn. Er blickte noch einmal auf den schwarzen Teppich, der einige Wellen warf, wenn er sich in die verschiedenen Richtungen voranbewegte. »Ich bin kein Mathematiker, aber wenn das so weitergeht, wird er sich ausbreiten und bald die gesamte Ebene erfaßt haben. Dann dringt er überall ein, er wird es auch schaffen, die höheren Etagen zu erreichen.«

Sir James nickte nur. Er war nicht fähig, einen Kommentar zu geben. Wahrscheinlich stellte er sich vor, was geschehen würde, wenn der Schlamm das gesamte Yard Building unter Kontrolle bekommen würde. Die Folgen waren nicht abzusehen.

»Gibt es denn kein Mittel, ihn anzuhalten?« wurden Suko und sein Chef von einem der Aufpasser angesprochen.«

»Nein!«

»Abbrennen?«

Suko verzog nur die Lippen. »Dieser Schlamm stammt nicht von dieser Welt, Meister. Er hat eine andere Herkunft. Zwar gehorcht er unseren Gesetzen, sein Herr, Meister und Erschaffer ist jedoch kein Mensch. Daran sollten Sie denken.«

»Ach so.«

Suko war klar, daß der Mann nichts begriffen hatte. Es hätte auch keinen Sinn gehabt, zu versuchen, ihn über irgendwelche Tatsachen aufzuklären, die er nicht verstand.

Vor dem Inspektor zitterte ein Frauengesicht auf den Wellen. Suko hatte die Person noch nie gesehen. Die Umrisse waren flaschenartig in die Länge gezogen worden und wirkten verfremdet.

Daß er sich stark auf das Gesicht konzentrierte, fiel auch Sir James auf, »Sie denken über eine Lösung nach, Suko?«

»Sicher. Ich weiß natürlich nicht, wer oder was den Schlamm leitet, aber dieses Gesicht muß meiner Ansicht nach eine große Rolle spielen. Das andere sehe ich nicht, dieses war zuerst da, den Kollegen hat es erst später erwischt. Vielleicht ist es so etwas wie eine Triebfeder für die Magie des Schlamms.«

»Die Sie auslöschen wollen.«

Suko nickte mit gefurchter Stirn. »Ja, das wäre nicht das schlechteste, obwohl ich von einer Lösung des Problems nicht überzeugt bin. Mal sehen.«

Als Suko die Dämonenpeitsche zog, sorgte Sir James dafür, daß andere zurücktraten.

Der Inspektor schlug abermals den Kreis und ließ die drei Riemen hervorrutschen. Es kam jetzt darauf an, daß er zielgenau schlug. Nicht der Schlamm sollte getroffen werden, sondern genau das Gesicht, damit keine Flammen entstanden, die sich weiter ausbreiten konnten.

»Ich glaube auch, daß es unsere einzige Möglichkeit ist«, murmelte Sir James. »Die Gesichter oder das Gesicht kann eine Quelle sein. Wenn sie versiegt, ist auch der Schlamm gestoppt.«

»Ja, Sir!« Sukos Stimme klang angespannt. Es kam jetzt auf ihn und seine Kunstfertigkeit beim Schlagen an. Er mußte die drei Riemen zusammenhalten, wenn er schlug. Das geringste Verfehlen des Ziels würde den Schlamm in Brand setzen.

Er nahm sehr genau Maß. Die Riemen hatte er nebeneinandergelegt, verknotete zwei mit einem, hoffte, daß dieser Knoten hielt, und holte dann aus.

Den Blick starr auf das Ziel gerichtet, jagte er die drei Riemen kraftvoll nach unten.

Selbst Sir James hielt den Atem an. Hinter seinen Brillengläsern zuckten die Augen, als Sukos Dämonenpeitsche haargenau das Ziel traf und die Riemen direkt über das sich im Schlamm abzeichnende Gesicht schnitten. Er hoffte nur, daß es so dicht unter oder vielleicht sogar auf der Oberfläche schwebte, daß die magische Waffe nichts mehr in Brand setzte.

Suko zog die Peitsche wieder zurück. Seine linke Hand hatte er zur Faust geballt. Er hoffte, etwas erreicht zu haben – und atmete auf, als kein Feuer erschien.

Dafür geschah etwas mit dem Gesicht!

Im ersten Moment sah es so aus, als wollte es abheben, einfach hochsteigen aus dem Schlamm, auch wellte sich das Zeug an den Seiten des Gesichts, aber die Zeugen konnten aufatmen, denn sie erkannten sehr deutlich, wie das Frauengesicht zerfloß.

»Gut!« flüsterte Sir James nur, »gut . . .«

Suko enthielt sich eines Kommentars. Er war wieder schlagbereit, was er nicht brauchte, denn das Frauengesicht, das dünn auf der Oberfläche schwamm, löste sich auf.

Es sah für die Betrachter so aus, als würde der Schlamm an den Umrissen zerren und sie in alle Seiten hin wegtreiben. Da wurde das Frauengesicht regelrecht auseinandergezogen, seine Teile tauchten ein in den Schlamm und zerflatterten dort.

Sie verloren ihre helle Farbe, die dunkle überwog, so daß sie zu einem Teil der Masse wurden.

Und der Schlamm selbst?

Auf Sir James' Stirn glitzerten ebenfalls Schweißperlen, als er zuschaute, wie dieses widerliche, höllische Zeug sich nicht mehr ausbreitete, als wollte es Atem für eine weitere Aktion holen, dann jedoch damit begann, sich zurückzuziehen.

Der Superintendent schüttelte den Kopf. »Kneifen Sie mich mal, Suko. Ich glaube, ich träume.«

»Bestimmt nicht, Sir. Das Zeug verschwindet.«

Scharf atmete der hohe Beamte aus. »Wenn das unser Sieg sein sollte, gebe ich einen aus.«

»Wir müssen noch abwarten.«

In den folgenden Sekunden geschah nicht viel. Sie allerdings waren froh, daß überhaupt etwas passierte. Der eklige Geruch blieb noch, aber die Masse selbst bekam eine andere Form. Sie blieb nicht mehr so weich und flüssig, sie warf Wellen, beulte sich zudem aus, änderte auch ihre Eigenschaft und wurde zu einem trockenen Teppich, der den Boden bedeckte und dem immer mehr Flüssigkeit entzogen wurde.

An den Rändern war er bereits eingetrocknet. Als Suko ihn dort mit seiner Schuhspitze berührte, merkte er genau den Widerstand. Zudem knisterte es unter seiner Sohle.

Das Austrocknen blieb nicht auf den Rand beschränkt. Die Magie der Peitsche hatte dem Schlamm die höllische Kraft genommen, denn der Vorgang des Austrocknens setzte sich fort.

Allmählich erfaßte er die gesamte Masse und war begleitet von knisternden Geräuschen, die entstanden, als das Zeug langsam kristallisierte.

Jetzt erst atmete Suko auf, drehte sich zu seinem Chef, lächelte schwach.

»Gut?« fragte Sir James.

»Bestimmt. Ich schätze, Sir, Sie können bald Schaufeln und Hacken holen, um die Erinnerung aus dem Yard zu schaffen. Wir haben bei unserer Attacke den Nerv getroffen. Das Frauengesicht ist die Quelle gewesen, eine andere Lösung gibt es nicht.«

»Das glaube ich auch.«

»Da war noch ein zweites Gesicht!« meldete sich einer der Beamten. Dieser Mann, er gehörte zu uns . . .«

»Richtig.« Suko nickte ihm zu. »Nur – haben Sie etwas von ihm gesehen, Mister?«

»Nein.«

»Er spielte auch keine Rolle. Er war das Opfer, nicht der Verursacher. Um ihn brauchen wir uns nicht mehr zu kümmern.« Suko lehnte sich mit dem Rücken gegen die Wand. Obwohl er keine große körperliche Arbeit geleistet hatte, fühlte er sich erschöpft und ausgelaugt. Dieser verdammte Höllenschleim hatte an seinen Nerven gezerrt.

Der Superintendent lächelte. »Wenn wir ihn wegschaffen lassen, würden Sie die Arbeit überwachen, Suko?«

»Sir, ich wüßte nicht, was ich lieber täte.«

»Gut. Ein Problem haben wir gelöst«, zählte der Superintendent auf. »Das andere bleibt noch.«

»John Sinclair.«

»Richtig. Ich würde gern wissen, was mit ihm ist.«

»Ich auch, Sir, ich auch . . .«

Es polterte, als meine Beretta zu Boden fiel. Zwar hätte ich es darauf ankommen lassen können, aber nicht bei dieser Frau. Georgette reagierte zu gefühlsmäßig. Bei einem Killerprofi wäre das etwas anderes gewesen, der hätte auf das Patt gesetzt, da wäre es zu einem Nervenspiel geworden, aber Menschen in der Lage der Georgette reagierten oft anders, zu gefühlsbetont.

Als sie das Poltern hörte, atmete sie sichtbar auf und entspannte sich. Für mich ein kleiner Vorteil, den ich auch einkalkuliert hatte. Sie war nicht mehr so aufgeputscht.

»Söhnchen«, sagte sie, ohne den Druck der Mündung zu verringern. »Schade, daß es so enden muß mit dir.«

»Wieso enden?«

»Du wirst sterben«, flüsterte sie. Ihre Stimme hatte einen beinahe singenden Klang bekommen. »Und jetzt wirst du etwas zurückgehen, Söhnchen. Ich möchte aus dem Schrank.«

Noch hielt sie die Trümpfe fest. Ich würde mir etwas einfallen lassen müssen. Letztendlich ging es nicht nur um mich, viel wichtiger war Rita Wilson, die das Grauen dieses verdammten Hauses hautnah mitbekam.

Georgette war kleiner als ich. Es sah verkrampft aus, wie sie die Waffe mit beiden Händen festhielt und die Mündung gegen den oberen Teil meiner Brust drückte.

Vielleicht hätte ich sie mit einem blitzschnellen Angriff stoppen können, aber ich wollte damit noch warten, auch wenn es mir schwerfiel. Im Moment zeigte sie sich überlegen, ich schaffte es sogar, einen ängstlichen Ausdruck in mein Gesicht zu zaubern, was Georgette das Gefühl einer noch höheren Macht geben sollte.

»So«, sagte sie. »Hier bleibst du stehen.«

Der Schrank befand sich etwa drei Schritte hinter ihr. Dort ungefähr lag auch meine Waffe.

»Was ist denn mit Rita?«

Hinter den Gläsern der Brille funkelten die Augen. »Das Mädchen ist dir ans Herz gewachsen?«

»Sicher.«

»Ja, die Liebe«, gab sie zurück. »Ich war früher in meiner großen Zeit oft verliebt, das kannst du mir glauben. Ich habe Verständnis für dich, Söhnchen, sogar großes Verständnis, und ich bin auch begeistert, wenn junge Leute sich verlieben. Das alles kann ich dir nachempfinden, aber sie ist nicht mehr zu retten, die Kleine muß sterben, das ist so beschlossen.«

»Ich sah sie oben.«

Georgette deutete ein Nicken an. »Da hast du dich auch nicht verguckt. Sie ist über uns. Sie stand auf dem oberen Rand des Stundenglases, das uns der Teufel überlassen hat. Es ist das Glas des Todes, vor dem die Menschen oft Furcht gehabt haben. Viele Künstler haben es gezeichnet, sie gaben sich immer große Mühe, und die Menschen bekamen Angst davor. Das Stundenglas gibt es, der Teufel hat es uns überlassen, und wir haben sehen können, wie es funktioniert.«

»Es tötet Menschen, wie?«

»Nein, es verändert sie!« erklärte mir die ehemalige Chansonette lächelnd.

»Wie das?«

»Ein Mensch wird in das Stundenglas hineingleiten und ist in der oberen Hälfte noch normal. Dann aber wird er immer tiefer rutschen, sich der Verbindung zwischen den beiden Hälften nähern und durch sie hindurchgepreßt werden. Er wird als das erscheinen, was für uns wichtig ist. Schlamm rinnt in die untere Hälfte, ein Schlamm, der uns am Leben erhält und uns mit den nötigen Kräften versorgt, denn wir wollen leben, wir wollen lange leben, immer leben.«

Ich hatte begriffen. »Dann ist der Schlamm so etwas wie eine teuflische Kosmetik für euch.«

»Richtig, Söhnchen, so ist es. In ihm stecken noch die Frische und die Kraft der Opfer. Du hast wirklich recht, eine Kosmetik. Das hat uns noch keiner gesagt.«

»Kann ich mir denken.«

Sie lachte mir leise entgegen. »Wir sehen für unser Alter noch sehr gut aus!« flüsterte sie. »Das kann ich dir schwören. Oder kennst du unser wahres Alter?«

»Nein.«

»Wir gehen alle auf die Neunzig zu. Aber wir sehen nicht so aus, gib es zu, Söhnchen!«

Ich wußte, daß Georgette darauf spekulierte. Sie brauchte die faden Komplimente, um sich selbst bestätigt zu sehen, deshalb nickte ich und gab noch einen Kommentar ab.

»Auf neunzig hätte ich keine von euch geschätzt.«

»Wie alt denn?«

Nur keinen Fehler machen, sagte ich mir. Die Antwort konnte fatale Folgen haben, denn Georgette wartete auf ein Kompliment.

»Nun ja . . .« Verdammt, die Zeit drängte. »Ich würde sagen . . .«

»Raus damit!«

»So zwischen fünfzig und sechzig!«

Hatte ich sie erwischt? War sie mit meiner Antwort zufrieden? Ich hatte nicht übertrieben, wartete ab und lauerte darauf, daß sie mir in die Parade fuhr und . . .

»Schön, Söhnchen, sehr schön. Ich merke schon, daß ich einen Frauenkenner vor mir habe. Ja, das ist genau das richtige Alter, in dem wir stehengeblieben sind. Wir haben den Teufel kennengelernt, als wir dieses Alter erreichten. Ist es nicht wunderbar?«

»Bestimmt.« Ich räusperte mich. »Für euch ist es toll, gratuliere, aber nicht für Rita.«

»Sie ist unser Garant, daß es so bleibt. Der Schlamm muß immer wieder regeneriert werden, damit er seine Kraft behält, die er auf uns übertragen kann.«

»Durch Rita?«

»Sie haben wir ausersehen.«

»Sie hat euch nichts getan. Ich möchte sie sehen, kannst du das verstehen, Georgette?«

Die ehemalige Chansonette nickte, wobei sich die Kapuze löste und zurückfiel. »Ja, das kann ich gut verstehen, sehr gut sogar. Ich will dich auch nicht drängen, ich liebe die Liebe, ich habe sie geliebt, aber das geht nicht mehr. Wir müssen an uns denken.«

»Werde ich auch in das Stundenglas . . .«

»Das glaube ich nicht. Dich töten wir so. Die Frische bekommen wir meistens von Frauen, von jungen Frauen. Männer liegen uns nicht so sehr. Viele sind schon in unsere Falle gelaufen, du glaubst nicht, wie viele junge Leute sich allein auf den Weg machen und die Bretagne durchwandern. Auf einmal sind sie verschwunden, einfach so, verstehst du? Sie kommen nicht mehr zurück. Zwar werden sie gesucht, bei uns war auch schon die Polizei. Man stellte uns Fragen, die wir allerdings nicht beantworten wollten. Und wer denkt bei vier netten alten Damen schon an Personen, die mit dem Teufel einen Pakt geschlossen haben?«

»Da haben Sie recht.« Ich lächelte süßsauer. »Noch eine Frage. Wer von euch will mich töten?«

»Das ist egal. Flora, Clara, Erica, oder ich. Was spielt das für eine Rolle. Wichtig ist, daß du uns nicht mehr in die Quere kommen kannst. Erica hätte es gern getan. Sie hält sich noch immer für einen Vamp und hätte dich zuvor noch mit ins Bett genommen, aber das wird ihr nicht vergönnt sein. Ich habe dich erwischt.«

Und ich erwischte sie!

Ich ging das Risiko ein, wobei ich hoffte, sie stark genug abgelenkt zu haben.

Blitzschnell hatte ich meine Hand von unten nach oben geschlagen und die Waffe erwischt.

Georgette war dermaßen überrascht worden, daß sie nicht abdrückte. Sie stierte in die Höhe, und mein zweiter Schlag schleuderte sie zu Boden, wobei ich gleichzeitig zugriff und ihre Waffenhand erwischte, die ich herumdrehte.

Georgette ächzte auf. Sie war kein Zombie, denn sie verspürte einen tiefen Schmerz. Sie öffnete ihre Faust, löste den Druck der Finger um den Colt-Revolver, der der eigenen Fliehkraft gehorchte und zu Boden prallte.

Ich trat ihn zur Seite, stieß die Frau zurück, die auf das Bett flog, dort wieder in die Höhe federte und dann in meinem Griff hing wie ein halbgefüllter Sack mit Holz.

Aus großen Augen stierte sie mich an. Sie hielt dcen Mund offen, die Zunge schoß hervor und bewegte sich dabei zitternd. Ihre Perücke war verrutscht. Zur rechten Seite hing sie über, und Georgette bot einen lächerlichen Anblick, so daß ich mir ein Grinsen nicht verkneifen konnte.

»Ich glaube, wir werden jetzt einmal Klartext reden, alte Frau! Wie komme ich zu Rita?«

Sie bewegte zwar den Mund, eine Antwort allerdings wollte sie mir nicht geben. »Ich warte nicht mehr lange!« flüsterte ich. Den Stoff unter dem Kinn drehte ich fester.

»Die Treppe . . .«

»Die normale?«

»Nein, eine schmale.«

»Die wirst du mir zeigen, Georgette.« Ich zerrte sie vom Bett hoch. Wehrlos hing sie in meinem Griff. Ich schleifte sie dorthin, wo die beiden Schußwaffen lagen, und steckte sie ein.

»Wenn du schreist, Georgette, ist es für dich vorbei!« flüsterte ich ihr drohend ins Ohr.

»Ja – gut . . .«

Wir verließen das Zimmer. Im Gang schaute ich nach, ob er auch leer war.

Da brauchte ich keine Sorge zu haben. Keines der drei anderen Weiber hielt sich in der Nähe auf.

»Wohin?«

»Nach rechts.«

»Okay.« Ich stieß sie vor, hielt dann ihren Arm im Polizeigriff. Wenn sie sich jetzt falsch bewegte, würde es schmerzen. Das wußte Georgette, sie tat nichts, was mich mißtrauisch gemacht hätte, und stolperte vor mir her. Das Ende des Ganges war schnell erreicht. Erst als ich dicht davorstand, entdeckte ich die schmale Tür. Um die Hälfte kleiner als eine normale.

»Ist sie das?«

»Sicher.«

»Dann los, Georgette!«

Sie sagte keinen Ton mehr, streckte ihre freie Hand aus und legte sie auf die Klinke.

Verschlossen war die Tür nicht. Beim leichtesten Druck schwang die Tür auf.

Ich schaute in ein dunkles, lichtloses Loch, entdeckte allerdings die Stufen einer Treppe.

»Wohin führt sie?«

»Am Ende ist eine Tür. Du mußt sie öffnen. Dahinter liegt der Platz zum Sterben.«

»Geh du vor, das will ich sehen.«

»Ja, ja . . .«

Sie drängte sich auf die erste Stufe. Ob sie nun bewußt oder aus Schwäche mehrmals stolperte, wußte ich nicht. Jedenfalls hatte sie Mühe, die Stufen zu erklimmen.

In dem Treppenschacht roch es muffig und verbraucht. Ich erinnerte mich daran, vom Keller her vier Frauen gesehen zu haben und mußte auch damit rechnen, daß uns die eine oder andere entgegenkam.

Diese Befürchtung trat nicht ein. Wir kamen unangefochten voran. Als ich sie nach ihren Eindrücken fragte, bekam ich eine keuchende Antwort. »Es ist nicht die einzige Treppe, es gibt noch drei andere, die ebenfalls vor Türen enden. Sie . . . sie umrunden den Schacht.«

»Ah, so ist das? Und wo kann ich deine so netten Freundinnen finden, Georgette?«

»Weiß nicht. Vielleicht schauen sie zu, wie das Mädchen langsam stirbt. Ist ja möglich.«

»Aber sicher.«

Die Dunkelheit gefiel mir nicht. Ich holte deshalb die Lampe hervor und zerteilte die Finsternis. Links von uns befand sich die Außenmauer eines Aufzugsschachts.

Dann hatten wir die Tür erreicht. Schmal und dunkel. Nur das Licht meiner Bleistiftleuchte huschte wie ein Kometenschein über die äußere Fläche hinweg.

Wir befanden uns am Ziel. Die Frau wurde für mich zu einem Problem. Ich zog sie an mich heran, drehte sie um und sagte: »Es tut mir nicht einmal leid.«

Dann schlug ich dosiert zu!

Bei Georgette reichte schon fast ein Antippen mit der Handkante, um sie in das Reich der Träume zu schikken. Hinter den Brillengläsern bekamen die Augen einen anderen Ausdruck. Sie verdrehten sich und sahen aus wie scharfes Glas, das im nächsten Augenblick verschwand, als die beiden Lider davorklappten.

Das war erledigt.

Vor meinen Füßen blieb die Person liegen. Ich zerrte sie etwas zur Seite, weil ich die Tür öffnen wollte. Es kam jetzt darauf an, ob sie gelogen oder die Wahrheit gesagt hatte.

Letztere würde sicherlich schlimm sein. Die Tür schloß fugendicht. Wenn dahinter der Ort lag, den ich vom Keller aus gesehen hatte, so hätte zumindest ein Schein unter dem Spalt hervordringen müssen, was hier nicht der Fall war.

Die Tür öffnete sich nach außen und schwang mir entgegen. Dahinter war es leer – und leer!

Keine Spur der drei anderen Frauen, aber auch keine von Rita Wilson. Ich stand allein, und ein Gefühl warnte mich davor, weiterzugehen. Mit zitternden Knien blieb ich stehen, nahm die anderen drei geschlossenen Türen nur mehr am Rande war, senkte den Kopf und schaute auf den aus Glas bestehenden Boden.

Glas ist durchsichtig.

Ich schwankte, denn in diesem Augenblick hätte ich mir gewünscht, daß es nicht durchsichtig war. Was ich unter mir sah, war so furchtbar, daß ich es kaum beschreiben konnte . . .

Nicht nur der seelische Zusammenbruch hatte sie erreicht, Rita Wilson fühlte sich auch körperlich getroffen. Sie wußte mit einemmal, daß sie nicht mehr die Kraft haben würde, sich ohne Hilfe aus dieser verdammten Falle zu befreien.

Das Stundenglas spielte seine teuflische Magie voll und ganz aus. Nichts war mehr von der Härte der Oberfläche zu spüren. Aus dem festen Material war so etwas wie ein Sumpf geworden, der Rita Wilson nicht nur eisern festhielt, sondern auch Stück für Stück und in einer bestimmten Geschwindigkeit in die Tiefe zog.

Sie stand unbeweglich, den Mund hielt sie offen. Ob aus Staunen oder wie zum Schrei, das war nicht festzustellen. Dabei waren ihre Augen verdreht, in den Pupillen zeichnete sich das fürchterliche Grauen ab, das sie empfand.

Nur die Lippen zitterten, die Arme hielt sie steif. Wie Stöcke hingen sie an beiden Seiten ihres Körpers nach unten. Hatte sie überhaupt begriffen, in welch einer Lage sie steckte?

Trotzdem überwand sich Rita selbst und senkte den Blick. Sie wollte einfach sehen, wo sich ihre Schuhe befanden, die Knöchel, die Knie und mehr.

Bis zu den Knien steckte sie bereits innerhalb des gefährlichen Stundenglases.

Auf ihrem Körper lag dick die Gänsehaut. Angst durchflutete sie wie die Wellen eines Meeres. Sie zwinkerte mit den Augen, weil ihr der Schweiß hineingeronnen war, schielte einmal gegen die Decke, als wollte sie dort nach Hilfe suchen.

Nichts geschah. Nur das Licht blieb weiterhin in gleicher Stärke und zeigte ihr sehr deutlich den weiteren Weg in das Stundenglas des Teufels.

Sie sank hinein. Eine Kraft schien von oben her auf ihren Kopf zu drücken und dafür zu sorgen, daß dieses verdammte Stundenglas sie immer weiter schluckte.

Bewegen konnte sie sich nicht, und sie kam sich vor wie in einem Gefängnis. Da gab es kein Entkommen, die andere Kraft war einfach zu stark. Wie eine mächtige Faust, die sie umschlossen hielt.

Rita glitt tiefer . . .

Es war einfach nicht zu fassen, es war grauenhaft und furchtbar. Sie bekam Luft – nur, wie lange noch.

Hektisch atmete sie ein, und ebenso hektisch stieß sie die Luft wieder aus. Eigentlich hätte sie klar sehen können, doch alles verschwamm vor ihren Blicken.

Da wurden die dunklen Türen und die hellen Wände dazwischen zu zuckenden, tanzenden Schattenbildern, die ineinanderliefen.

Sie empfand es als schlimm, daß sie dem Grauen selbst keinen Widerstand mehr entgegensetzen konnte. Obwohl sie versuchte, die Beine aus der weichen Glasmasse hervorzuziehen, war das für sie ein Ding der Unmöglichkeit.

Das Glas hielt sie fest.

Und Rita sah, daß es sich zur anderen Hälfte hin verengte. Erst kurz vor dem schmalen Verbindungsstück hörte diese Form auf. Die schmale Röhre sah sie überdeutlich.

Dieser Anblick erinnerte sie wiederum daran, daß sich ihr Körper sehr bald auflösen würde und zu einer Masse aus Schlamm wurde.

So dicht, so zäh und dennoch derartig gleitfähig, um durch die Lücke rinnen zu können.

Dabei war sie einmal ein Mensch gewesen ...

Mein Gott, dachte sie, ich rede schon in der Vergangenheit, dabei lebe ich noch, ich will leben!

Dann tat sie etwas, das sie schon lange nicht mehr getan hatte. Sie faltete die Hände und betete. Die Worte verstand sie selbst nicht. Vielleicht waren sie sogar in der Kindersprache formuliert, aber was machte das schon?

Während Rita betete, sank sie tiefer ein. Das Glas hatte längst ihre Gürtelschnalle erreicht, es würde sie auch weiter überspülen, nur konnte sie seltsamerweise ihre Füße noch bewegen, wobei der übrige Körper einfach steif geworden war.

Da merkte sie das Ziehen. Direkt an ihren beiden Füßen, als hätte dort jemand gezupft.

Es war aber keine Hand vorhanden, nein, mit beiden Füßen war sie in die Lücke hineingerutscht.

Und genau dort bekam sie die Magie des Glases voll zu spüren. Wie unter einem Zwang stehend schaute sie hin. Sie wollte es eigentlich nicht und kam sich vor wie eine Masochistin.

Rita sah ...

Ihre Füße hätte sie eigentlich erkennen müssen, aber das waren sie nicht mehr. Genau dort, wo sie sich hätten befinden müssen, erkannte sie ein dunkle, zähe, teerartige Flüssigkeit, eben diesen verfluchten Schlamm, der sich aus ihren Beinen gebildet hatte und in dicken Tropfen auf den Boden des zweiten Glases rann.

Für Rita Wilson war so etwas unfaßbar!

Sie schrie nicht einmal. Es war schauderhaft, sie fand keine Erklärung für diese Dinge, während der verfluchte Schlamm immer mehr Nachschub bekam und Rita fertigmachte.

Sie preßte ihren Kopf zurück und auch den Oberkörper.

Das Gesicht war nur mehr eine blasse Maske, auf dem der Schweiß seine perlenden Spuren hinterlassen hatte.

Ihr Atem drang fauchend aus dem Mund. Das Blut rann zwar durch ihre Adern, nur hatte sie den Eindruck, als wäre es viel dicker geworden als sonst. Rita war verzweifelt. Das Glas berührte jetzt beinahe ihre Brust. Ein Großteil des Körpers hatte sich bereits aufgelöst. Selsamerweise stellte sie sich die Frage, was noch geschehen würde. Ob sie auch als Teil des Schlamms noch so denken und fühlen wie als Mensch?

Sie wußte es nicht. Ihre Gedanken bewegten sich um die Person des John Sinclair. An ihm mußte sie plötzlich denken. Ob ihn vielleicht ein gleiches Schicksal erwartete?

»Warum kommst du nicht?« keuchte sie. »Warum denn nicht? Bitte, hol mich hier heraus.«

Die Kraft des teuflischen Stundenglases kannte kein Pardon. Eiskalt zog sie Rita Wilson tiefer in die magische Sphäre hinein, und der weiche, gläserne Rand berührte schon beinahe ihr Kinn.

Noch ein kurzer Ruck, dann . . .

Sie hatte es nicht gewollt, sie schaute trotzdem nach unten und mußte wegen des schlechten Blickwinkels dabei schielen.

Bis zum Grund der zweiten Stundenglashälfte konnte sie schauen und sah dort den breiten, schwarzen Fleck.

Das war sie!

Um ihren Körper herum zitterte und waberte das weich gewordene Glas. Die Innenränder preßten sich gegen sie, sie raubten ihr auch das letzte Quentchen Luft.

Dann rutschte auch ihr Kinn über den Rand, und sie öffnete noch einmal den Mund zum letzten Atemzug vor ihrem qualvollen Tod . . .

Ich stand da, zitterte und konnte es nicht glauben!

In diesen langen Augenblicken überfiel mich ein wahnsinniger Haß auf die vier Frauen, denen es so gar nichts ausmachte, das Leben einer jungen Frau zu vernichten.

Leben und Tod . . .

Diese beiden Begriffe wirbelten durch meinen Kopf. Ich dachte daran, daß ich schon zu viele Niederlagen erlitten hatte. Oft genug hatte ich es mit Personen zu tun gehabt, die unfreiwillig in den schwarzmagischen, mörderischen Kreislauf hineingeraten waren, aber das sollte sich nicht wiederholen.

Okay, ich hatte des öfteren das Leben unschuldiger retten können. Leider hatte ich auch oft genug das Nachsehen gehabt. Da war die andere Seite stärker gewesen.

Hier auch?

Alles wies darauf hin. Ich schaute gegen das Glas, und andere Bilder zuckten vor meinen Augen auf.

Ich sah die Gesichter der Personen, die ich nicht vor einem Tod hatte bewahren können.

Judie Glasstone, das Mädchen, das seine Pferde so liebte, befand sich auch dabei.

Und jetzt Rita Wilson!

Es kroch wie die Berührung von Totenfingern meinen Rücken hoch. Nein, und abermals nein. Ich wollte es versuchen, ich mußte dieses riesengroße Wagnis einfach eingehen, denn ich besaß meine Waffen, Rita Wilson nicht.

Zwei Schritte trennten mich von der verdammten Fläche, in die Rita längst hineingesunken war und den Kopf nach hinten gedrückt hatte, wobei ich nicht einmal wußte, ob sie mich überhaupt wahrnahm.

Sie – ich oder beide?

Ich wagte es. Sekunden später stand ich auf der verdammten Glasfläche, spürte den Widerstand, dann sackte ich langsam ein . . .

Sie schritt die breite Treppe hinab wie eine Königin, deren Soldaten auf dem Schlachtfeld einen großen Sieg errungen hatten.

So ähnlich fühlte sich Flora auch, die mit ihrer Handfläche über das runde Geländer hinwegstrich, ohne sich daran festhalten zu müssen, denn die Erfolge der letzten Zeit hatten ihr Sicherheit gegeben.

In der Halle wurde sie von Clara und Erica erwartet. Letztere erhob sich aus dem Sessel, als sie Flora erkannte.

Mit beiden Händen strich sie die Falten ihres langen Kleides glatt, als wollte sie sich für einen Mann in Positur stellen.

Sie sah gelackt aus wie immer. Das Haar glatt nach hinten gekämmt, der Knoten stand am Nacken ab, als wäre er mit Leim dort befestigt worden. Auf den schmalen, etwas zu dünnen Lippen lag ein erwartungsvolles Lächeln.

Die weißhaarige Clara stand ebenfalls auf, und beide Frauen erwarteten von Flora weitere Anweisungen. Sie schritt auch weiterhin den Rest der Treppe gravitätisch hinab und blieb vor der ersten Stufe stehen, um einen Blick durch die Halle zu werfen.

In ihrem Gesicht zuckte nichts, sie schaute sich nur um, dann fragte sie: »Wo ist Georgette?«

Clara und Erica hoben zugleich die Schultern. »Wir wissen es nicht, wir dachten, du würdest sie mitbringen. Ist sie denn nicht bei dir gewesen?«

»Nein.«

»Das tut uns leid«, flüsterte Erica. »Dann wissen wir auch nicht Bescheid, wirklich nicht.«

Flora runzelte die Stirn. Etwas unsicher wirkte sie in diesem Moment. »Habt ihr eine Ahnung, wo sie sich aufhalten und was passiert sein könnte?«

Die Angesprochenen überlegten.

»Sinclair!« flüsterte Erica.

»Wie meinst du das?«

»Ist es nicht möglich, daß sie ihm begegnete und er sie überwältigen konnte?«

Flora überlegte. Sie nickte, obwohl ihr Gesichtsausdruck besagte, daß sie diese von Erica ausgesprochene Tatsache nicht akzeptieren wollte. »Jede von uns hat genau gewußt, was sie tun sollte, auch wenn eine auf Sinclair trifft.«

»Man sollte ihn nicht unterschätzen!« warnte Clara.

»Hör auf, Waschweib. Wir besitzen als Beschützer den Teufel. Er wird doch mit einem Mann fertig werden.« Flora hatte sehr abfällig gesprochen, konnte ihre Freundin Clara aber nicht überzeugen, denn diese winkte ab.

»Sinclair hat etwas an sich.«

»Und was?« fragte Erica.

»Ich kann es nicht erklären, aber es ist etwas, das uns nicht paßt.«

Flora kam näher. »Werde deutlicher, verdammt!«

Clara runzelte die Stirn. »Ich will euch ja keine Angst einjagen, aber es ist nun einmal so. Wir haben ihn meiner Meinung nach unterschätzt. Wir müssen uns vor ihm vorsehen. Ich weiß auch nicht, wo er steckt. Möglicherweise hat er sogar den Weg zum Glas gefunden. Das wäre nicht gut für uns!«

»Wie meinst du das?« rief Flora.

»Er könnte sie retten.«

Erica lachte so laut, daß es durch die Halle schallte. »Dann hätte er gegen den Teufel kämpfen müssen.«

»Ich weiß.«

»Hältst du ihn für stärker als den Satan?« fauchte Flora sie an.

Clara schüttelte den Kopf. »Wer ist schon stärker als er. Aber Sinclair gehört zu den Raffinierten. Er ist nicht grundlos bei uns erschienen. Denkt daran, was uns Rita sagte.«

»Ein mieser Polizist.«

Clara hob den Finger. Es sah aus wie eine zurechtweisende Warnung. »Das stimmt alles. Nur sollte man auch bedenken, wo sich unsere Freundin Georgette aufhalten könnte.«

»Wer Sinclair sieht, sollte ihn töten!« erklärte Flora. »Das war so abgemacht zwischen uns.«

»Ich habe ihn nicht gesehen«, sagte Clara.

»Und ich auch nicht!« erklärte Erica. »Da du ebenfalls allein gekommen bist, bleibt nur Georgette übrig.«

»Das weiß ich selbst!« erwiderte Flora böse.

»Ausgerechnet sie!« Erica verdrehte die Augen. »Die

hat ihn doch angehimmelt, dieses alte Weib. Wenn er ihr gegenübersteht, wird sie ihm etwas vorsingen, anstatt zu schießen.«

»Warst du nicht auch scharf auf ihn?« höhnte Flora.

Erica schoß Röte ins Gesicht. »Nicht so direkt. Ich habe vor ihm mit meinen früheren Erfolgen nicht angegeben.«

Clara kicherte. »Das konntest du auch nicht. Es gab ja keine.«

Erica schrie katzenhaft und wütend auf, während sie ihre Hände zu Fäusten ballte. »Sag das nicht, verdammte Intrigantin! Was weißt du denn schon über mich?«

»Genug, um das behaupten zu können.«

»Nein, ich . . .«

Mit beinahe sanft klingender Stimme fuhr Flora dazwischen. »Hört auf, euch zu streiten, ihr Vetteln. Das ist nicht der richtige Ort und nicht der richtige Zeitpunkt. Wir sollten uns auf Sinclair konzentrieren und nicht auf unsere Differenzen. Die Frage lautet: Wo kann er sein?«

»Das Haus ist groß«, meinte Clara.

»Weiß ich selbst.«

»Wo könnte Georgette ihn erwischt haben?« murmelte Erica und legte zwei Fingerspitzen unter ihr Kinn. »Wir haben uns getrennt, das einmal vorweggenommen. Jeder ist in eine andere Richtung gegangen. Wir haben unsere Kutten ausgezogen und sind hier zusammengetroffen. War eine von euch in seinem Zimmer?«

»Nein!«

»Dann sollten wir dort nachschauen.«

Flora lächelte kalt und auch säuerlich. »Ratet mal, was ich auf meinem Weg in die Halle getan habe? Ich bin an seinem Zimmer vorbeigegangen und schaute hinein. Es war leer.«

»Keine Spuren?«

»Bestimmt nicht.«

»Was machen wir jetzt?« fragte Clara. Ihre Stimme hatte an Festigkeit verloren, sie klang weinerlich.

Zwei Augenpaare richteten sich auf die Chefin des Quartetts. Flora wußte, was sie ihren Freundinnen schuldig war. Eine Lösung würde sie zwar auch nicht präsentieren können, aber einen Versuch mußte es einfach geben. Sie konnten nicht stundenlang in der Halle stehenbleiben und abwarten, bis sich die Dinge von selbst regelten.

»Es kann ja durchaus sein, daß Georgette Glück gehabt und Sinclair getroffen hat.«

»Wo hätte sie ihn dann hingeschafft?«

»Wir sollten ihn töten.«

»Richtig!« bestätigte Clara. »Aber hast du einen Schuß gehört, Flora? Oder du, Erica?«

»Nein.«

»Stellt euch mal vor«, murmelte Flora, »er hat es geschafft und Georgette überwunden? Was dann . . .?«

Ratlosigkeit breitete sich aus. Erica meinte schließlich: »Ich kann mich nicht in seine Lage hineinversetzen.«

»Richtig, ich auch nicht, wir können jedoch überlegen. Er weiß, daß es in diesem Haus ein Geheimnis gibt, sonst wäre er nicht gekommen. Er will das Geheimnis herausfinden, wobei er sicherlich Mittel und Wege kennt, jemand zu zwingen.«

»Dann hat Georgette uns verraten?« rief Clara.

»Unter Druck. Sie kann ihn auch irgendwohin geführt haben. In den Raum des Teufels, zum Stundenglas. Vielleicht hat er noch gesehen, wie seine kleine Freundin verging. Möglicherweise hat er auch versucht, sie zu retten.«

»Was ihm kaum gelingen wird«, meinte Erica. Sie grinste dabei mehr als süffisant.

»Eben.«

»Wir sollten nachschauen!« schlug Clara vor.

»Richtig.« Flora nickte. »Und wo?«

»Im Keller.«

Der Vorschlag wurde akzeptiert. Plötzlich sahen die drei Frauen wieder Land. Sie hatten endlich eine Aufgabe zu erfüllen und konnten zeigen, was in ihnen steckt.

Obwohl Clara die Idee gekommen war, übernahm Flora die Führung. Die Hackordnung mußte eben eingehalten werden. Mit zügigen Schritten durchquerten sie die Halle und gingen hintereinander ihrem Ziel entgegen.

Sie hatten wieder Blut geleckt und ihre Antennen auf Sieg gerichtet. Niemand würde ihnen etwas nehmen können, das stand fest.

An der Kellertür blieb Clara stehen.

»Los, öffne sie!«

Clara gehorchte. Sehr vorsichtig zog sie die Tür auf. Vor ihnen entstand eine Lücke zwischen Rahmen und Türkante. Sie lugte in das Dunkel, zog den Kopf wieder zurück und schüttelte ihn.

»Wir könnten Kerzen mitnehmen«, meinte Erica.

»Unsinn, wir kennen uns aus.« Flora schob die Freundin zur Seite, um selbst nachzuschauen.

Auch sie konnte nicht mehr sehen als Clara. »Wir kennen den Weg«, wisperte sie, »und wir werden ihn im Dunkeln gehen. Aber leise, wenn ich bitten darf.«

Niemand widersprach. Clara und Erica durften zwar Vorschläge machen, die Entscheidung, ob sie angenommen wurden oder nicht, blieb jedoch Flora überlassen.

Diesmal übernahm die Chefin die Führung. Für einen Fremden wäre das Begehen der Treppe im Dunkeln lebensgefährlich gewesen, nicht für die Frauen, die hier zu Hause waren. Sie bewegten sich so sicher, als wäre die Treppe hell erleuchtet.

Die Kühle des Kellers strich über ihre Haut. Davon ließen sie sich nicht irritieren. Sie wußten genau, was sie zu tun hatten. Am Fuß der Treppe stoppte Flora.

Hinter ihr lachte Erica. »Ich sehe Licht . . .«

»Ja, es fällt von oben.«

»Die Falle!« kicherte Erica leise.

»So scheint es zu sein.«

Der Schein lag links von ihnen und breitete sich dort aus wie ein weicher Schleier, der sich ebenso weich auf dem Boden verteilte und in dem zahlreiche Staubpartikel glänzten.

Flora ging wieder vor. Sie hatte die rechte Hand zur Faust geballt, als wollte sie sich durch diese Geste Mut machen. »Das Stundenglas schafft es!« keuchte sie. »Ich weiß, daß es diesen verdammten Polizisten schafft, wenn er Kontakt bekommen hat. Der Teufel läßt uns nicht im Stich, er hat uns das Glas überlassen, er . . .«

»Und nimmt sich die Seelen der Opfer!« wisperte Clara hinter ihr aus dem Dunkel.

»So ist es.«

Sie hüteten sich, zu laute Geräusche zu machen. Wenn sie gingen, hoben sie die Füße ziemlich hoch, um sie dann sehr vorsichtig wieder abzusetzen.

Allmählich verließen sie ihre dunkle Insel und näherten sich der rötlich gelben.

Flora drehte noch einmal den Kopf. Schattenhaft erkannte sie ihre beiden Freundinnen, die sich wie

Hexen auf dem Kriegspfad bewegten. »Na, wie fühlt ihr euch?«

»Gut, Darling!« kicherte Erica, »wunderbar. Ich für meinen Teil habe ein wunderbares Gefühl.«

»Ich ebenfalls!« bestätigte Clara.

Flora hielt sich zurück. Sie konnte nicht zustimmen – oder doch? Sie ging plötzlich schneller, weil sie den Ort des Geschehens unbedingt erreichen mußte.

Dann war sie da!

Unter dem Licht und auch unter dem Stundenglas blieb sie stehen, hob beide Arme und krallte die Finger so schief und hart in das braune Haar, daß sich der Knoten von selbst löste. Strähnen fielen wie zitternde Aale nach unten.

»Nein!« keuchte Erica, als sie sah, was über ihr geschah.

Clara gab auch ihren Kommentar. »Beide sind drin.«

»Aber einer lebt noch!« keuchte Flora. »Der verfluchte Polizist!«

Sie hatte recht, ich lebte noch!

Es gehörte zu den Phänomenen oder Wundern, die man rational nicht erklären konnte. Doch wenn der Teufel seine Hand mit im Spiel hatte, verwischte die Realität sowieso. Ich war eingetaucht. Zu beschreiben war mein Gefühl dabei nicht. Vielleicht eine Mischung aus Erfolgserwartung und das gleichzeitige Abdanken des Lebens.

Irgendwo war es grauenhaft!

Den Vorgang selbst konnte ich persönlich nicht beschleunigen. Ich mußte mich dabei auf die Kräfte des Stundenglases verlassen, die in einem bestimmten Tempo ihre Opfer anzogen.

So sank ich ein.

Schienbeine, Oberschenkel, die Hüfte, dann auch die Brust, und jetzt berührte der Rand bereits mein Kinn.

Das Kreuz hielt ich fest. Darauf vertraute ich. Es hatte auch den verdammten Schleim gestoppt, was sonst keiner anderen Waffe gelungen war. Wie würde es sich hier verhalten?

Bevor mich das nach unten enger werdende Stundenglas schluckte, warf ich einen Blick in die Tiefe.

Rita Wilson bestand bereits über die Hälfte aus Schlamm. Da hatte sich ihr Körper verändert. Die teerartige Flüssigkeit war in die untere Hälfte des Stundenglases getropft und bedeckte den gesamten Boden. Es war so etwas von verrückt, daß ich es nicht fassen konnte.

Das Mädchen lebte noch.

Es konnte tatsächlich seinen Kopf bewegen. Mit war ein Blick in ein Gesicht gestattet, das im Prinzip keines mehr war, nur mehr eine Maske oder Fratze.

Die Augen weit geöffnet, den Mund ebenfalls. Spürte sie Qualen, durchtosten Schmerzen sie?

Ich hatte keine Ahnung, denn bei mir spürte ich nichts.

Noch einmal ein tiefes, langes Luftholen, dann schloß sich die Lücke des Stundenglases über mir.

Und gleichzeitig spürte ich an meinen Füßen das kurze, aber heftige Reißen.

Ein Zeichen, eine letzte oder erste Warnung, daß der magische Vorgang der Auflösung begann.

Nun mußte es sich beweisen, wie gut mein Kreuz war. Ob es sich der höllischen Magie entgegenstemmen konnte.

Als Chance gab es für mich nur eine – die Aktivierung, das hörbare Sprechen der Formel.

Ich rief sie laut. Ich wollte es erreichen, die Magie zerstören und rief die Worte laut und deutlich.

»Terra pestem teneto – Salus hic maneto!«

Jetzt kam es darauf an!

Himmel oder Hölle! Siegen oder untergehen!

Nur diese beiden Alternativen gab es. Und ich drückte mir und der jungen Frau die Daumen, daß mein aus uralter Zeit stammendes Kreuz es schaffte, das Gefängnis des Teufels zu zerstören und ihn seiner Magie zu berauben.

Eine Allheilwaffe war es nicht, aber es hatte mich niemals direkt im Stich gelassen.

Auch jetzt nicht!

Ich rechnete mit einer Lichtglocke, die alles umhüllen würde wie ein Käfig.

Licht entstand auch, aber nicht als gewaltiger, blendender Schein oder Hülle. Statt dessen fand innerhalb des Stundenglases etwas statt, zu dem mir nur der Begriff Entladung einfiel.

Ich wurde von Blitzen umzuckt. Das Kreuz spaltete sie ab. Sie wischte wie die Fäden eines Spinnennetzes an mir vorbei, jagten gegen die Innenwände, wurden von dort wieder zurückkatapultiert und wischten auf ein Ziel zu.

Die Kreuzmitte!

Dort waren die Zeichen wieder vorhanden, die mir einmal weggenommen worden waren.

Und sie reagierten.

Sie saugten die Blitze auf, sie waren wie ein Magnet. Die beiden ineinander verschachtelten Dreiecke leuchteten hell und strahlend, die geheimnisvollen Zeichen um sie herum ebenfalls, und für einen Moment sah ich die dreieckige Fratze eines alten ›Freundes‹ vor mir im Zentrum erscheinen.

Asmodis!

Seine Fratze war einfach nicht zu übersehen. Sie widerte mich an, ich hätte am liebsten hineingeschlagen, das war jedoch nicht möglich.

Statt dessen hielt ich mein Kreuz so fest wie ein Schiffbrüchiger die letzte Planke.

Das Gesicht verschwand!

Der Teufel hatte tatsächlich versucht, innerhalb dieses von ihm regierten magischen Gefängnisses die Gewalt über mich zu bekommen. Gelungen war es ihm nicht.

Mein Kreuz schlug ihn zurück.

Unerbittlich, hart und grausam, denn die Fratze des Satans verschwand, als wäre sie ausgelöscht worden.

Dafür tauchte sie an anderer Stelle als ein sich wahnsinnig schnell bewegender Schatten wieder auf. Sie huschte über die Innenwand des Stundenglases, war mit den Augen kaum zu verfolgen, weil sie eben so schnell war, doch auch damit erreichte sie nichts.

Mein Kreuz war stärker!

Es hatte nicht das starke Licht abgegeben und sich erst sammeln müssen.

Durch die Reflektionen allerdings war es stärker geworden. Da hatte sich Weiße Magie aufladen können, das kam nun zum Tragen.

Das Stundenglas hätte eigentlich splittern müssen, als ich die ersten Risse in der Wand erkannte.

Es blieb jedoch ganz, nur von dem hellen Schein des Kreuzes umtanzt, das ich auch weiterhin festhielt. Nur wechselte ich es jetzt in die linke Hand, weil ich die rechte Rita entgegenstreckte.

»Los, greif zu!«

Ich hatte sehr laut geschrien, und das Echo meiner eigenen Stimme tönte mir durch die Ohren.

Sie reagierte nicht!

»Faß zu!«

Da endlich hatte sie begriffen. Es konnte auch daran gelegen haben, daß ich mich noch tiefer zu ihr herunter gebückt hatte und endlich ihre Hand umklammerte.

Es war mir dabei gelungen, das Gelenk zu umfassen, so hatte ich die Gefahr des Abrutschens verringert. Ich drehte meine Finger förmlich um ihre Haut und zog.

Es war eine verflucht schwere Arbeit. Dabei wußte ich nicht mal, ob ich einen normalen Menschen in die Höhe zerren würde oder einen, der sich zur Hälfte aufgelöst hatte. Ich konnte nur hoffen, daß es dem Kreuz gelungen war, das Grauen wieder rückgängig zu machen.

Ich schrie Ritas Namen, um sie zu motivieren. Vielleicht konnte sie sich selbst Schwung geben, denn in ihrer schlaffen Haltung war ihr Körper ziemlich schwer geworden.

Kam sie . . .?

Ja, verflixt! Ich schaffte es, sie höher zu ziehen. Zentimeter für Zentimeter. Mein Gesicht zeigte den wilden, verzerrten Ausdruck der Anstrengung. Ich hatte dabei das Gefühl, einen Körper aus einem Sumpf hervorzuzerren.

Ich bekam ihn höher. Jeden Millimeter schon sah ich als einen kleinen Erfolg an.

Ritas Gesicht näherte sich mir. Noch sah es so aus, als hätte die Frau nicht begriffen, was mit ihr geschah.

Ich aber suchte nach ihrem Unterkörper, nach den Beinen, die einmal Schlamm gewesen waren.

Und jetzt?

Nein, sie waren es nicht mehr. Sie hatten sich wieder

zurückverwandelt! Es war mir gelungen, das verfluchte Stundenglas des Teufels zu überlisten.

Wahnsinn total, einfach unbeschreiblich, der Erfolg meines wunderbaren Kreuzes.

Noch ein wenig zerrte ich sie mir entgegen. Dann hatte sie die richtige Höhe für mich erreicht, um zugreifen zu können, und so hielt sie sich auch fest.

Auf einmal bewegten sich auch ihre Lippen. Nur verstand ich nicht, was sie mir sagen wollte.

Jedenfalls mußten wir beide zunächst aus diesem verdammten Stundenglas herauskommen.

Das war nicht mehr nötig. Wohin ich auch griff, es gab keinen Widerstand mehr, der magische Flecken Erde innerhalb des Hauses hatte sich einfach aufgelöst.

Trotzdem schwebten wir nicht in der Luft, sondern standen auf einer harten Unterlage.

Fußboden . . .

Von vier verschiedenen Seiten her schauten uns die Rechtecke der Türen an und dazwischen die hellen Flecken der Wände. Kein Stundenglas mehr, dafür der normale Boden.

Ich wollte es kaum glauben, zog Rita Wilson hoch und hielt sie fest. Sie blickte gegen die Decke und fragte plötzlich – es waren ihre ersten Worte nach der Rettung. »Ist das eine Lampe?«

»Ja, das ist sie.«

»Mit normalem Licht?«

»Auch das.«

Da wußte sie nicht, ob sie lachen oder weinen sollte. Den Geräuschen nach zu urteilen, war beides vorhanden.

Plötzlich aber umklammerte sie mich an den Schultern, als wollte sie mich zu Boden zerren. Ich mußte mich schon dagegen stemmen, um nicht umzufallen.

»Bitte, John!« drängte sie. »Bitte, laß uns hier weggehen. Ich habe was erlebt, das . . .«

»Du vergessen wirst.«

Ich nahm ihre Hände von meinen Schultern, umfaßte sie statt dessen und drehte mich mit ihr zusammen um.

Ich wollte den Raum durch die gleiche Tür verlassen, durch die ich auch gekommen war, zog sie auf und übertrat als erster die Schwelle. Meinen Schützling zerrte ich leicht hinter mir her.

Genau dort, wo sie zusammengefallen war, lag Georgette, die ehemalige Sängerin. Ihre Perücke war noch immer verrutscht. Wer hätte sie auch korrekt aufsetztên sollen?

Rita Wilson schrak zusammen, als sie die Frau sah, denn ich hatte die Lampe hervorgeholt und sie angeleuchtet.

Ihr Gesicht war jetzt nicht mehr das gleiche. Es sah furchtbar aus. Sie wirkte jetzt so alt, wie sie tatsächlich war.

Ungefähr neunzig . . .

Eine Haut so welk wie altes Laub, dazu verschrumpelt wie ein alter Apfel. Durch die schief zur Seite hängende Perücke hatte sie etwas Clownhaftes mit einem Stich ins Makabre bekommen.

»John, wieso?«

»Ich kann es dir nicht sagen, Rita. Mein Kreuz, es hat die Magie der Hölle vernichtet, und nichts ist mehr so, wie es einmal war. Verstehst du das?«

»Muß ich es?«

»Nicht unbedingt.«

»Da sind noch drei andere Frauen.«

»Richtig, Rita. Und die werden wir suchen . . .«

Sie waren so verflixt siegessicher gewesen, als sie beide Personen innerhalb des Stundenglases gesehen hatten.

Ihre Hoffnung dem Teufel gegenüber war wie eine Flamme, die ständig wuchs.

Dann war es geschehen!

Das Licht, dieses verdammte, furchtbare Licht, das zunächst durch das Stundenglas geirrt und getanzt war, um sich im nachhinein zu konzentrieren, so daß es zu eine strahlenden Wolke wurde, die den gesamten Innenrauam des Glases einnahm.

Dieses Licht stammte nicht aus dieser Welt. Es war aus einer anderen Sphäre gekommen, die der des Teufels genau entgegenstand. Die drei Frauen spürten, daß sich über ihnen etwas für sie Furchtbares tat und ihr Weltbild zerstören würde.

Noch standen sie in einem Halbkreis, steif, unbeweglich. Flora hatte die Hände zu Fäusten geballt, Clara die Arme ausgestreckt, als könnte sie den Vorgang aufhalten.

Erica tat nichts. Sie wirkte steif wie ein Brett, wobei sie plötzlich damit begann, sich zu bewegen, denn sie strich mit den Handflächen über ihren Körper und ihr Gesicht.

Dabei stöhnte sie auf.

Zunächst blieb es dabei, bis sie den tiefen Schrecken überwunden hatte und die folgenschweren Worte in die herrschende Stille hineinsprach: »Ich altere . . .« Flüsternd nur, dann aber lauter, sogar kreischend, denn es hallte durch den Keller. »Ich altere . . .!«

Ihre Hände bewegten sich in Hektik, als sie die Festigkeit des Körpers und die Straffheit der Haut prüften.

Es war nicht mehr so wie vor dem Fünf-Minuten-

Grauen, das für sie diesmal zu einer schrecklichen Tatsache geworden war.

Erica verzog das Gesicht. Sie sah dabei aus wie eine angemalte Puppe, wo die Farbe verlief. Aus ihrem offenen Mund drangen würgende Geräusche; sie schlug mit den Handflächen gegen ihren Bauch und hörte dabei das Klatschen, denn die Haut war längst faltig geworden und nicht mehr so straff.

Dann rannte sie weg. Nach wenigen Schritten verließ sie die Kraft, und sie bewegte sich nur mehr taumelnd voran, bis sie von einer Wand gestoppt wurde.

Clara erging es ähnlich.

Auch ihr Körper verlor die künstliche Straffheit. Sogar das Gebiß fiel aus ihrem Oberkiefer und prallte zu Boden. Sie schaute dem Gegenstand hinterher wie einem verlorenen Goldstück.

Plötzlich überkam es sie, und sie trampelte mit beiden Füßen auf dem Gebiß herum, bis es knirschend zerbrach. Danach brach sie in die Knie, um zu heulen wie ein alter Schloßhund.

Flora stand noch auf den Beinen. Der Vergleich zu einem sinkenden Schiff, wo nur mehr der Kapitän sich aufrecht hielt, mußte einem Betrachter in den Sinn kommen.

Sie hatte dem zerstörten Stundenglas, von dem nicht einmal Splitter auf dem Boden lagen, den Rücken zugedreht. Über ihr befand sich die normale, bis zur Decke reichende Leere.

Beide Arme hielt sie angewinkelt, hob die Hände an, um ihr Gesicht abzutasten.

Erica hatte von ihrer alternden Haut gesprochen, und Flora fühlte es ebenfalls.

Sie klemmte ein Stück Haut zwischen die Finger und konnte sie zusammendrücken wie Pudding. Den Mund hielt sie offen, atmete stoßweise, sah aber nicht, was dicht unter der Decke geschah, weil es absolut lautlos ablief.

Dort zeigte sich noch einmal das Stundenglas, als wollte der Teufel es nicht mehr haben. Er hatte es aus seiner Dimension hervorgeschleudert, schwang wie ein Diabolo auf und nickte, kippte plötzlich, bevor es vehement nach unten raste.

Es traf Flora!

Mit seiner unteren Rundung fiel es auf ihren Kopf, der die Glasplatte durchschoß. Sie zersplitterte, ein Kranz aus Scherben drang in den Hals der alten Frau, während sich die übrigen Rest um sie herum am Boden verteilten.

Flora brach in die Knie.

Den Boden berührte sie noch, dann starb sie an ihren schrecklichen Verletzungen. Inmitten einer roten Lache blieb sie liegen . . .

So fanden wir sie!

Erschüttert standen wir vor ihr. Rita Wilson hatte meine Hand ergriffen und klammerte sie dermaßen fest, als wollte sie die Finger nie mehr in ihrem Leben loslassen.

Sie war stumm, auch ich sagte kein Wort, bis ich durch ein heulendes Schluchzen aufmerksam wurde, in die bestimmte Richtung leuchtete und der Lichtstrahl über eine Wand glitt, vor der eine gebückt dasitzende Gestalt hockte.

Erica, der ehemalige Vampir, der immer noch davon ausging, den Frühling in sich zu spüren.

Jetzt war für sie der Winter gekommen, die Zeit der Vergänglichkeit, des Todes.

Ich leuchtete ihr Gesicht nicht direkt an, trotzdem konnte ich erkennen, wie sehr es sich verändert hatte. »Neunzig«, quetschte sie zwischen lappigen Lippen hervor, »ich bin neunzig geworden. Jetzt bin ich es. Der Teufel . . .«

»Hilft nur, wenn er sich einen Vorteil davon verspricht«, vollendete ich den Satz und schaute auf das schon beinahe mumienhafte Etwas, das einmal Erica geheißen hatte.

»Aber wir haben ihn geliebt.«

»Es war die falsche Liebe.«

Sie senkte den Kopf und weinte. Wie lange sie noch leben würde, war nicht zu sagen. Und wo sie den letzten Rest verbringen würde, ebensowenig.

Der Schlamm hatte aufgehört zu existieren. Wahrscheinlich hatte ihn Asmodis in die Hölle gezerrt. Mir sollte es recht sein, Hauptsache, ich sah ihn nicht mehr.

Dafür fanden wir die letzte der Frauen, Clara. Sie hockte am Boden, war ebenfalls schrecklich gealtert und summte leise Lieder vor sich hin.

Ich bückte mich, legte zwei Finger unter ihr Kinn und hob den Kopf leicht an, weil ich in ihre Augen sehen wollte.

Sie hatten sich verändert. Schon öfter habe ich Menschen gesehen, die den Verstand verloren hatten, Clara sah so aus.

»Laß uns gehen«, flüsterte Rita. »Ich . . . ich kann es nicht mehr aushalten.« Sie schüttelte sich dabei, als wäre sie von einem Gefühl des Ekels überschwemmt worden.

»Okay, wir gehen.« Ich behielt meinen Schützling an der Hand, als wir auf die Treppe zuschritten. Sehr langsam und mit schweren Schritten erklommen wir die Stufen.

»Daß Doras Erbe so fürchterlich sein würde, John, hätte ich nicht für möglich gehalten.«

»Wir sollten ihr im nachhinein noch dankbar dafür sein, daß sie etwas gesagt hat, sonst hätten diese bösen Frauen noch weitere Opfer bekommen, um ihr Alter zu erhalten. Dabei waren sie schon jenseits der Schallmauer.«

Ich drückte die Kellertür auf und wollte Rita zuerst in die Halle schieben, aber sie blieb stehen, denn sie hatte die vierte Frau gesehen, die ehemalige Chansonette.

Von meinem Schlag hatte sie sich wieder erholt. Sie tänzelte durch die Halle, die Perücke in der linken Hand haltend und mit brüchiger Stimme eines ihrer alten Lieder singend.

Es hörte sich schlimm an, aber auch traurig, denn Georgette erreichte die Höhen nicht mehr. Irgendwann blieb sie krächzend stecken. Für mich war sie eine arme Frau.

Dann fiel sie um.

Wir waren nicht schnell genug, um sie auffangen zu können. Glücklicherweise schlug sie mit dem Hinterkopf auf eine gepolsterte Sesselkante.

»Was willst du jetzt tun, John?«

»Die Polizei anrufen.«

Rita erschrak. »Die werden uns festhalten.«

Ich schüttelte den Kopf. »Das glaube ich nicht. Meine Beziehungen sind glücklicherweise nicht auf unsere Insel begrenzt . . .

Später konnten wir dann zuschauen, wie sie abgeholt wurden. Drei verschwanden in einem Krankenwagen, während es für Flora keine Hilfe mehr gab. Natürlich löcherte man uns mit Fragen, auch mein Sonderausweis half mir dabei nicht viel, dafür ein später geführtes Telefongespräch mit einem Mann, der im Innenministerium etwas zu sagen hatte und der sich auch mit Sir James in Verbindung setzte, so daß die Sachlage bald zu unseren Gunsten geklärt war.

Als es dämmerte, fuhren wir wieder davon. Ich hatte ein Zimmer in einem kleinen Hotel in Brest bestellt. Wer sich schon eine Kabine geteilt hatte, brauchte auch bei einem Hotelzimmer keine Rücksicht mehr zu nehmen.

Ich schickte Rita Wilson in die erste Etage, während ich von der Rezeption aus mit London telefonierte und Suko an den Apparat bekam.

»Wie ist es bei euch gelaufen?«

»Schlammig, John.«

»Moment mal – was sagst du?«

»Dein Schlamm hat uns . . .«

»Aber jetzt ist alles okay?« unterbrach ich ihn.

»Ja.«

»Das kannst du mir später erzählen. Ich werde morgen abend in London eintreffen.«

»Schöne Nacht noch.«

»Mal sehen.«

Ich legte auf und hörte die Wirtin fragen, ob ich Wein aufs Zimmer haben wollte.

»Ja, einen roten, zwei Gläser und etwas Käse.«

Ich bekam die bestellten Sachen auf ein Tablett gestellt und trug es hoch. Mit dem Ellbogen drückte ich die Klinke nieder, wollte nach Rita Wilson rufen, doch das Wort blieb mir in der Kehle stecken. Noch heute wundere ich mich darüber, daß mir das Tablett nicht entfallen war, denn von Rita Wilson war nur ein schmutzigschwarzer Schlammfleck zurückgeblieben und einige Linien, die von seinem Rand ausgingen und

Worte bildeten, die ich erst Minuten später entziffern konnte.

DEM TEUFEL NIMMT NIEMAND ETWAS WEG! AUCH DU NICHT, SINCLAIR!

Ich wußte, daß diese Nachricht von Asmodis stammte. Die folgende Nacht wurde zu einer der schlimmsten meines Lebens.

Über Einzelheiten möchte ich schweigen . . .

ENDE

**Band 13 052**
**Jason Dark präsentiert**
**50 x Gänsehaut**
**Originalausgabe**

50 gruselige Shortstories von fünfzig berühmten Autoren: Johann Wolfgang von Goethe, Edgar Allan Poe, Arthur Conan Doyle, Wilkie Collins, Jack London, Hanns Heinz Ewers, Gustav Meyrink, K. H. Strobl, H. G. Wells, Jules Verne, Bram Stoker, H. P. Lovecraft, Algernon Blackwood, C. A. Smith, E. F. Benson, Tanith Lee, Michael Moorcock, Robert Sheckley, Stephen King, M. R. James, Guy de Maupassant, Jean Ray, Ray Bradbury, E. T. A. Hoffmann, Karl Edward Wagner, Oliver Onions, Sheridan Le Fanu, Saki, Robert Louis Stevenson, Fritz Leiber, Robert W. Chambers, Robert Bloch, William Morris, Naomi Mitchison, Nathaniel Hawthorne, Wolfgang Hohlbein, Jörg Weigand, Mark Twain, Jean Louis Bouquet, Honoré de Balzac, Isaac B. Singer, Arthur Machen, T. R. P. Mielke, Isaac Asimov, Friedrich Gerstäcker, Friedrich Dürrenmatt, Ramsey Campbell, Roland Topor, Brian Lumley, Oscar Wilde.

BASTEI LÜBBE

**Sie erhalten diesen Band im Buchhandel, bei Ihrem Zeitschriftenhändler sowie im Bahnhofsbuchhandel.**